广州诗词之都丛书

半半堂诗词稿

高旭红 著

SPM 南方传媒 | 花城出版社
广州新华出版发行集团
广州出版社

目录

CONTENTS

诗稿

四言诗

五言绝句

五言律诗

五言古风

七言绝句

七言律诗

七言古风

词曲稿

词部

曲部

专题吟稿

五仙古观八景

岭南古琴八曲

羊城竹枝词十二首

序

旭红君与余有旧，每至节庆如元宵、端阳、重九之日，多有新制以微信函示。其词风清丽闲逸，余心赏之，偶亦和之。月前，忽出《半半堂诗词稿》（后文简称《稿》）一卷，嘱为作序。余受而读之，初而诧，继而思，终而颔。

何则？

所谓初而诧者有二：依《稿》编次，最先四言。以余所见，今诗人之为四言者，未见有如君之端雅也。试看——

空山无人，水流花开。寒泉溅玉，虚壑奔雷。手挥日送，泠然风回。千岩雨霁，万里云来。（《“空谷”琴》）

长白山麓，峰环水萦。江村迢递，节物峥嵘。爰有旧构，于兹小营。百年荏苒，半壁攲倾。篱菊庭柯，野蔬杂英。参差古瓦，错落檐楹。星斗阑干，霭烟纵横。四围山色，一枕溪声。三径思归，七弦写情。短廊木榻，暄日流莺。云卧霞栖，风披露行。秋菘春韭，雨读晴耕。盈盏酒醪，围炉茶烹。雪窗梦冷，蓬户霜清。兀坐忘言，不飞不鸣。湛然皎兮，如月之明。（《樵隐山房歌》）

其以《诗》为本，借司空表圣《二十四诗品》为津梁，浑而化之，下笔端雅若此，试问当今诗界能有几人？此余为之诧者一也。

《稿》之编次，诗之后为词。余之知君者以词，然仅知其清丽闲逸，而不知其又有豪放雄奇一面——

待月倚高楼，帘底花间忆旧游。关北岭南萍寄久，回眸，书册消磨几个秋。　无惧亦无忧，且任身如不系舟。漫酌桂浆酬此夜，悠悠，万古霜华笔底流。（《南乡子·丁酉中秋怀东北及加国诸亲友》）

旷宇无垠，孤舟有路，飞入苍溟暗幔。历井扪参，待周天巡遍。恁奇绝，但见、光云宿海堆积，日曜银河旋转。芥子须弥，证虚空无限。　地球遥、已似尘难辨。失昏晓、万古洪荒变。虫洞一瞬千年，任时空推演。料人间、老却青春面。重归日、斧烂槐柯散。但矫首、天地无声，正星

程汗漫。（《拜星月慢·与父母观〈星际穿越〉电影》）

前制上片掩抑离怀，下片豪迈洒脱，后制奇思妙想，奔涌而出，令人目不暇接，当下词坛女诗人少有其比。此余为之诧者二也。即此两端，君于南粤女诗人中誉为独树一帜，信非虚矣。

所谓继而思者三。君自北而南，定居于粤，致力于粤古文化之整理，硕果累累，其留意系心，尽萃于此，诗词写作乃余事耳。

而君幼承家学，自《诗》教入门，此由四言诗功力深到可窥知也。又出之性分，兼之学养——琴艺、书法均所涉足，故其诗、词皆富涵雅意。余读君《稿》至终，为之击节叹息。雅人深致，此思之一也。

君本东北人，生长于白山黑水之间，高情胜慨，尽得于彼。其后虽长驻粤中，而本色未变，每一命笔，时有关外山川刚烈之气流宕其间，与粤之同侪迥异。学士孤高，此思之二也。

君《稿》之不足，在章法、句法、字法多不甚讲求。章法大抵平铺直叙，尤其不重视收尾，字法亦一般。初读之下，总觉读诗功夫不够，精读更不够。词较之诗为佳，法度娴熟，抒情细腻。古人云：“诗有别才，非关学也。”太白不擅律诗，老杜不擅七绝，君于诗词有长短亦然，此思之三也。

所谓终而颔者一。前言君《稿》之不足，及再思之，又有悟焉：君既以诗词为余事，则不同于专以诗词为事者。诗人之诗，以才情见胜；学人之诗，以风度见胜。君性直气清，学殖深厚，故诗风高雅，不屑于诗法之讲求，而迳取自然之趣味，有以也乎！此余所以终而颔之也。

二〇二三年癸卯春惊蛰刘斯翰识于广州童轩

自序

余自垂髫，家严即教为诗，或出联属对，或执卷习诵，循循诱学。及长，遍览家藏书，耽诗成癖，时有咏作。年十三，得《延边日报》文艺部编辑刘德昌先生青目，选七绝二首载于副刊。得此勉勖，遂有志焉。后有机缘，师周笃文先生得填词之法，拜周汝昌先生学赏鉴之道，遇李汝伦先生知臧否之意，愈觉有进焉。

居岭南近廿载，颇以文史、金石、诗词研究撰述为乐。管窥岭南三家之际，虽有增益，惜难步武，盖天资心力所不逮也。

诗崇温柔敦厚，以沉郁为高境。然少年心气，初尚青莲、东坡、放翁。《野马歌》盖此类也。中年始慕少陵。然未经丧乱，感慨亦浅。虽未相契，只诗家憾事耳，亦有额手相庆处。

诗余，初宗苏、辛、秦、柳，后亲易安，盖女子性情相引。周（汝昌）老曾嘱余：女诗人只须作本色语，持灵性，保本真，不必强作须眉丈夫语。余深以为然。

夫诗者，天地之心也。今古世殊事异，感于物，发乎情，形于言，其致一也。平居有古人，下笔有今我。缘情缘事，随境发机。然诗欲不俗难矣，人与诗一，人成而诗成，此戒俗之要也。以是观之，诗道岂小道耶？

余虽有志，才学有限，经年所作，过而存之。蒙广州市文联不弃，肯为付梓，不胜惶恐。因检旧什，补以新作，约得三百篇，聊以羊城书斋“半半堂”名之。

是集分诗稿、词曲稿、专题吟稿三部。诗以四言、五言、七言分类，以年代为先后。呜呼，敝帚岂自珍？鸿爪雪泥，聊为存念，尚可恕也。俟彼遐日，或乃有进。书此数语，以期自励云尔。

二〇二三年癸卯春半半堂主高旭红自识

牟牟堂诗词稿

诗稿

樵隐山房歌

长白山麓，峰环水萦。

江村迢递，节物峥嵘。

爰有旧构，于兹小营。

百年荏苒，半壁攲倾。

篱菊庭柯，野蔬杂英。

参差古瓦，错落檐楹。

星斗阑干，霭烟纵横。

四围山色，一枕溪声。

三径思归，七弦写情。

短廊木榻，暄日流莺。

云卧霞栖，风披露行。

秋菘春韭，雨读晴耕。

盈盏酒醪，围炉茶烹。

雪窗梦冷，蓬户霜清。

兀坐忘言，不飞不鸣。

湛然皎兮，如月之明。

1999 年

注：1999 年 5 月，余与卫明在延边龙井登龙洞购得朝鲜族百年老宅，颇欲归隐之，名之“樵隐山房”。

“空谷”琴

空山无人，水流花开。
寒泉溅玉，虚壑奔雷。
手挥目送，泠然风回。
千岩雨霁，万里云来。

2020 年

注：庚子秋，余得区君虹先生于丙申夏所制“空谷”琴，其音清逸澹远，其形古朴简洁，洵为佳制。

“空谷”琴铭

空谷幽响，寒潭静深。

清泉激石，爽籁出林。

莺啭花底，鹤鸣松阴。

冲虚抱一，寂寥太音。

妙哉斯琴，可以写心。

2020年

读经

无象亦无名，须弥芥子轻。

心花一刹放，云散月光明。

1988 年

抚琴

古调谁人爱，心同野水闲。

拨开一世界，声透万重关。

1991 年

溪山图

开窗延曙色，枕石听溪声。

野岸经行处，浮云自灭生。

1996 年

戊寅年秋夜读延吉晚报同事宋延文先生所借《陈寅恪诗集》

窗外风吹雨，灯前读旧编。

生平多少事，一叹一潸然。

1998年

云南丽江拉市海纳西村落木春光、木香春伉俪家有轩敞木楼，己丑年秋休年假与卫明赁居数日

幽竹杂闲花，寻常百姓家。

晚来秋气静，风送雨些些。

2009 年

甲午年春北京回龙观听杨春薇弹奏《梧叶舞秋风》

晴窗拂素琴，萧瑟渐秋深。

梧叶回风起，飘摇动客心。

2014 年

甲午年如月观王林海先生画

象外求真意，天机寓渺茫。

无心穷物理，归卧水云乡。

2014 年

乙未仲春题宗丽姑母摄夕照图

落日挂疏林，波光漾碎金。

倚栏凝望久，难寄是乡心。

2015 年

戊戌年秋分后一日游长白山地下森林木栈道

一径入层林，苍茫万壑深。

天光筛树影，翠霭满衣襟。

2018 年

越王井

何人初凿井，南武嗜甘泉。

九眼今犹在，寂然花树前。

2018 年

注：据传井为南越王赵佗所掘，宋代番禺县令于伯桂加盖大石板并凿九眼，以便汲水瓶缶绳绠不相缠。今仍存。

广州流花古桥

离宫流水曲，片片逐飞花。

唯恐春将老，凭栏到日斜。

2018 年

注：流花古桥始建于南汉，传宫女晨妆弃花桥下，腻水流红，故名。现存为清代重修石桥。

广州蒲涧

菖蒲生九节，碧涧石泉流。

借问安期子，蓬莱讵可求。

2018 年

注：涧在白云山东麓。据传古时涧中产九节菖蒲。晋代嵇含《南方草木状》谓：“皆一寸九节。安期生采服仙去。”

灯下校书，宫粉茶花忽放

万籁归岑寂，校书忘夜深。

花开如示相，一一展芳心。

2019 年

咏素馨

对镜人如玉，深宫伴落花。

只今芳草外，谁记素馨斜。

2019 年

注：广州城西十里有素馨斜，据传乃南汉后主刘钅长葬美人处。冢上多素馨，故名。

庚子新正大疫，有感

疫疠起江城，通衢断客行。

国人齐砥砺，终可见清平。

2020 年

题苏百揆《飞鸟烟柳图》

飞羽夸轻俊，穿烟过蓼汀。

年年春好处，柳眼向谁青。

2020 年

辛未年七月独坐听雨饮茶

听雨南窗下，秦筝雁柱斜。
篆烟销宝鼎，活火煮新茶。
瓦瓮飘琼蕊，冰瓷试露芽。
一杯堪悟道，谁共咀英华。

1991 年

辛未年婚后赁居延吉东郊，临布尔哈通河，可望南山

一年光景新，家酿已清醇。
铁剑静悬壁，瑶琴空落尘。
窗寒霜作画，庭浅月铺银。
还念闲花草，山林好踏春。

1991 年

甲戌年夏夜与卫明、忠昌同品雨前茶

客至茶烟起，春芽嫩叶轻。

倾来乳花乱，融尽野溪清。

居远隔尘俗，心闲生逸情。

欢谈消暑夜，帘外晓星横。

1994 年

己卯年夏寄业师周晓川先生

千里迢遥路，相携一卷来。
谈诗商格律，论史过烟埃。
珠玉纷繁落，灵花次第开。
会心原不远，微笑自低回。

1999年

注：周笃文，字晓川，湖南汨罗人。词学家，时任中华诗词学会副会长、秘书长。余少时读周先生选注之《宋百家词选》，颇获益。己卯年携书拜见先生于京城，得诗律之教。

初秋榛蘑季，与卫明携女儿月童入延边龙井登龙洞后山松林，大获

松冈新雨后，携篓入秋林。

野谷时迷路，幽花乱拂襟。

层层菇伞叠，唧唧草虫吟。

相唤山连应，风停爽气深。

1999 年

己丑年秋休年假与卫明居云南丽江拉市海纳西村落

古木翠烟横，村墟霁色明。
溪声随路远，蝶翅舞风轻。
牵马看云起，骑车入画行。
家家芳满径，隔院问花名。

2009年

壬辰年初秋游韶关咏张九龄

莲花诸岫在，空忆曲江才。
金鉴遗先虑，龙池堑劫灰。
文坛尊统帅，直道见疑猜。
千载思风度，归看庾岭梅。

2012年

注：张九龄，字子寿，号博物，广东韶关曲江人。盛唐名相、诗人。其人耿直温雅，风仪甚整，时人誉为“曲江风度”。唐玄宗每用人，必曰：“风度能若九龄乎？”清代廖燕《重修风度楼记》有“登楼而望莲花、芙蓉诸峰……而寂无一人再兴其间”之叹。

余靖

曲江孤直士，风采动朝端。
四谏庙堂肃，六箴闾巷安。
勿钳天下口，长秉义忠肝。
经略无双誉，唯凭一寸丹。

2012 年

注：余靖，北宋庆历四谏官之一。朱熹之《余靖传二》记载其曾上书："陛下亲政以来，三逐言事矣。若习以为常，不甚重惜，恐钳天下之口。"仁宗曾誉其"风采第一，广南定乱，经略无双"。

题唐寅《山路松声图》二首

甲午年夏，广东人文艺术研究会举办“古诗今画·古画今题——广东名家诗书画展”，余分得咏唐寅《山路松声图》。

其一

空山一夜雨，湿翠早惊秋。

万壑松风响，百重泉水流。

直疑天路近，时爱白云游。

飒飒谐琴韵，虚涵象外幽。

其二

烟岚萦绝岫，万壑响松声。
山径人行早，溪桥鸟过轻。
凭栏高士望，扪石翠微横。
且息拿云想，林泉寄此生。

2014 年

乙未谷雨日范义坤兄招饮以“乾坤日夜浮”分韵得“坤”字

春暮逢招饮，闲愁付酒樽。

感时嗟宦路，适意念柴门。

祸福元无据，穷通岂足论。

晚来倾急雨，为我洗乾坤。

2015 年

丁酉中秋夜听女儿月童抚琴、灵鸽唱《阳关三叠》

娇女弄冰弦，泠然古韵传。

风回云出岫，雨霁石流泉。

三叠阳关曲，一堤杨柳烟。

明朝挥别后，好月向谁圆。

2017年

悼著名画家吴灏先生

岭表迟居士，才名遐迩传。
帘香留逸气，笔妙起岚烟。
白眼轻尘俗，丹诚寄石泉。
而今乘鹤去，遗墨自瑰妍。

2017 年

注：吴灏先生（号迟居士）诗书画印俱佳，著有《梦帘香阁词》《吴子玉书画集》等。丁酉仲秋仙逝。余虽与先生长子吴袁同事，惜与先生缘悭一面。

梦回故乡。余尚垂髫，午睡于姨母家花园。梦觉有作

半生风与雨，一枕幻犹真。
难辨梦中梦，宁知身外身。
悲欣皆转瞬，因果自相循。
此际阳光满，他乡草木春。

2017 年

己亥冬至有感

天地一阳动，斗杓初转东。
行藏随所遇，俯仰即成空。
心念林泉畔，身羁世网中。
消寒逢九九，春气已初融。

2019 年

白云山蒲涧咏安期生

菖蒲生九节，石上碧泉流。

但见花含笑，还邀鸟解忧。

海滨留玉舄，岩畔接丹丘。

风月无边藏，堪消万古愁。

2019年

注：安期生，秦、汉间人。自言有神仙术，卖药于东海之滨。秦始皇与谈三日，遁去。据传隐至广东白云山蒲涧，于此飞升。

回教三忠亭

国破城亡际，三良舍此身。
清忠昭日月，板荡见精神。
姓字耀南海，英灵动北辰。
今来抚碑刻，聊奠一枝春。

2019 年

注：亭在广州清真先贤古墓。明末回族三将领羽凤麒、撒之浮、马承祖抗清殉国。此为衣冠冢。

庚子新正抗疫感吟

疫疠侵江汉，通衢断客行。
千城门户闭，万里瘴云横。
济世良医手，驱瘟院士情。
春来花气发，必可佑苍生。

2020 年

注：时钟南山、李兰娟、张伯礼、张定宇、陈薇等医学专家奔赴抗疫一线，国人皆冀望大医息疫。

庚子季秋，余有幸得区君虹先生丙申夏所制“空谷”琴

凤兮骞欲举，长唳入霜林。

寄意峄阳木，忘机彭泽心。

泠泠幽涧响，澹澹野云深。

空谷松风起，分明太古音。

2020年

次小梅窗《九日》诗。时家父于海外染疾，幸转危为安

登高无意绪，樽酒对黄花。
云敛秋容净，烟浮竹影斜。
自怜常作客，梦已少还家。
一缕乡愁起，连天到海涯。

2022 年

附：周燕婷女史原玉

九日

见说西园好，闲来问菊花。
霜清帘影瘦，风定水纹斜。
互惜心如昨，相逢梦是家。
平居时一顾，留韵到天涯。

靖海门销烟遗迹

1839年7月、8月，林则徐继虎门销烟后，在广州靖海门外东炮台前又三次销烟：“凿地为池，搀以盐卤石灰，用火煮化。”

羊城靖海门，门外东炮台。
一炬焚烟土，岭表清气来。
林公经纶手，挥戈白日回。
虎门涛犹怒，省城起风雷。
佛寺设总局，三举化炎埃。
四海皆震慑，夷人罢疑猜。
阿芙蓉毒渐敛制，叱起倦龙亦伟哉。
君不见，蜃楼气烬看烟灭，斯须昆池换劫灰。
吁嗟抱长策，直欲挽颓波。
有容怀海岳，无欲自嵯峨。
肝胆皆冰雪，慷慨一何多。
开眼看世界，四面已楚歌。

祸福岂趋避，病国起沉疴。

古来英雄事，壮志易蹉跎。

我欲寄微慕，唯见沙洲树。

江月空照人，江花开几度。

毒禁仍无期，堪叹迢遥路。

尘霾几时净，世人几曾醒。

莫道遗事远，兴替一镜明。

何当银河洗兵甲，烟消珠海有余清。

此心向谁诉，潮退意难平。

2015 年

注：林则徐有联“小队出郊坰，愿七萃功成，净洗银河长不用；偏师成壁垒，看百蛮气慑，烟消珠海有余清”。

午梦

梦里旧家路，行来泪如雨。

房舍尚依然，吾人已非故。

2016 年

悼四叔高宗传

塞北忽传讯，四叔驾鹤归。
岭南寒意重，清泪和雨飞。
比邻数十载，叔伯两家亲。
自小绕膝跑，及长出入频。
两家共七女，笑语闻四邻。
盼叔差旅返，笔盒糖果均。
口哨笙簧调，乐观本真存。
万里乘箕去，愧我未报恩。
薤露奄乎晞，天道亦何论。
音容自难忘，徘徊落日昏。

2017 年

注：两家邻居近三十载。吾家四女，叔家三女，邻里戏称“高家七仙女”，丁酉年十二月九日四叔仙逝，诗以寄哀。

戊戌仲秋，梦中作诗，醒时惟记“得一素心人，终老不相离”。联缀成此篇

人世百年客，绿发易成丝。

浑似经行者，栖迟南北枝。

修短固随化，契阔念所思。

所思未易求，眇眇何所之。

云汉孤星度，良会讵可期。

今夕复何夕，多情我本痴。

得一素心人，终老不相离。

恍惚蝶梦醒，窗外月迟迟。

2018 年

抚琴歌

庚子腊月初八夜，余以区君虹先生修复之明代古琴“亚绿绮”，试奏《古冈遗谱》之《碧涧流泉》，有作。

峄阳焦桐木，斫为绿绮琴。
传世六百载，白云变古今。
蛇蚹漆纹密，虫篆印铭深。
星徽涵古色，丝弦发正音。
一泛雏凤语，再弹老龙吟。
澹澹远俗韵，泠泠涤尘襟。
碧涧激潺湲，青石溅琅琳。
漫流且容与，余响入深林。
浮生几知己，谁复见幽心。

2020 年

丙寅年城居偶感二首

其一

危楼栉比霓虹灿，烟霭沉沉车滚雷。

何日扁舟闲系柳，星河枕梦待潮回。

其二

天涯何地可为家？举目危楼乱似麻。

赁个逋梅陶柳处，闲窗容我数飞花。

1986 年

癸酉年夏登吉林长白山

蹑险摩霄俯夕晖，壮思与瀑共遄飞。

乘槎仙子知何处？唯见闲云相逐归。

1993 年

注：长白山天池出水口为乘槎河，飞落为长白瀑布。

丙子年冬夜读书大雪飘至

霜星冷月倚郊楼，犹念云笺寄客秋。

门外雪深人迹少，难来乘兴访朋舟。

1996年

注：友人华忠昌、华国昌兄弟远游江南，冬至未归。

为女儿月童生日下厨

案牍劳形且放空，羹汤手制费时工。
偏怜小女娇痴惯，冰点才含入梦中。

1997 年

题陈青子阿姨水墨《葡萄图》

龙须绕翠向风斜，浓淡累累垂紫霞。
莫叹明珠无处卖，乱藤爱傍野人家。

2000 年

注：陈青子，湖南沅江人。当代女画家，擅写梅。陈立夫先生曾誉其“一幅梅花万古香”。

辛巳年春节寄影珠书屋业师周晓川先生及张静师母

扫雪烹茶翰墨堂，安闲冲淡看人忙。
遥知裁句敲诗处，一室春和兰气香。

2001年

题陈青子阿姨《孔雀图》

青子阿姨作孔雀图，兀傲之气跃然纸上。

蓼风细雨满沙洲，白眼朝天自在游。

不用丹青夸翠羽，独栖幽谷漱清流。

2002 年

丙戌年夏游承德避暑山庄

解愠风来暑热消，飞花啼鸟忆前朝。

水流云在徘徊地，三百春秋一梦遥。

2006年

注：承德避暑山庄有景“水流云在”，源自杜甫“水流心不竞，云在意俱迟”句。亭方敞，在“芳渚清流”北，与烟雨楼隔湖相望。

丁亥年初秋游兰亭

一池涵碧白鹅游，秋到兰亭分外幽。

但见修篁摇翠笔，龙飞凤舞写风流。

2007年

注：兰亭，在绍兴城西南兰渚山。东晋永和九年（公元353年）三月初三日，王羲之等四十二人在此修禊，作《兰亭集序》。

丁亥年初秋雨中游苏州山塘街

七里山塘雨巷幽，石桥横卧枕清流。

斜撑纸伞凭栏望，柔橹声中过小舟。

2007 年

注：山塘街位于苏州古城西北，因山塘河而得名。横跨山塘河上的古石桥有七座，河道逶迤平行，绵延至虎丘长达七里，又称七里山塘。

戊子年季冬夜宿黄山

黄山绝顶月如霜，洒向群峰漫大荒。

寂寂可聆天上语，手扪北斗挹仙浆。

2008 年

安徽黄山莲花峰观日出

云霞蒸出一轮红，天地玄元万化中。

身在莲花峰顶上，泠然两腋欲乘风。

2008 年

广东温泉宾馆

一溪环绕野山横，细雨浥尘花木明。

且喜此身临此地，暂将俗虑化风清。

2008 年

游从化下溪

古木修篁过雨新，须知林壑养天真。

瀑流泻碧寒涛涌，一霎灵台已净尘。

2008年

听区君虹先生弹琴即席作

区师一抚七弦琴，松竹含风引凤吟。

幽谷流泉寒泻玉，泠然为我洗尘心。

2008 年

己丑年春节卫明著《千年花事》付梓（备案书名《岭南花事》）

又是一年桃李芳，岭南花事酿韶光。

未知春意深几许，应信诗书气味长。

2009 年

己丑年冬车过天津五大道有感

别墅洋楼欧陆风，当年租界逞豪雄。

覆翻多少经纶手，激荡乾坤意未穷。

2009年

己丑年冬上海观《弘一法师》多媒体音乐剧

悟得人间万幻形，终归黄卷对灯青。

个中谁会悲欣意，云在高天水在瓶。

2009年

注：李叔同，著名音乐家、美术教育家、书法家、戏剧活动家。后入佛门，号弘一。圆寂弥留之际，书“悲欣交集”四字。

庚寅年中秋有寄

羊城数载寄萍踪，博物琴书意绪浓。
月下诗成茶当酒，陪花伴竹亦从容。

2010 年

广州海心沙观亚运会开幕式彩排

星辉齐汇海心沙，灯影波光幻绮霞。

玉带彩舟珠水上，恍如河汉泛仙槎。

2010 年

庚寅年贺盛琼获鲁迅文学奖

欣识羊城咏絮才，兰心蕙态淡如梅。

谁知笔底云烟起，催得灵花梦里开。

2010 年

辛卯除夕行花街

长街十里看花归，软紫嫣红灯月辉。

买得一枝娱岁晚，五羊城内醉芳菲。

2011 年

辛卯年春西安大明宫遗址见儿童放风筝

碧宇飞鸢稚子牵，千重宫阙已成烟。

残基断瓦今犹在，阊阖昔时开九天。

2011 年

乾陵

帝王岂必须眉做，万国衣冠拜女英。

无字高碑长屹立，千秋功过待人评。

2011年

文物普查工作感言

数年辛苦岂寻常，旧宇残碑细度量。

但得遗珍皆获保，不辞骨瘦鬓添霜。

2011年

注：余2005至2015年间，兼任广州市越秀区文物普查队长，先后参与不可移动文物普查和可移动文物普查工作，主笔撰写了《广州市文物普查汇编·越秀区卷》。

公元二〇一二年元旦口号

新回岭海酿花天，剪纸贴窗书对联。

莫放韶光轻易逝，好将诗酒趁华年。

2012 年

壬辰春节归乡

万里归来把酒卮，琼花玉树喜催诗。

何妨饱蘸松烟墨，写取春风第一枝。

2012年

壬辰年夏河北坝上游

猎猎风高云去回，闲花野草满坡开。

恍疑晨雾封山谷，忽见羊群潮涌来。

2012 年

癸巳年正月初六往广东清远美林湖访友口号

波光涵碧近楼台，小径春花已半开。

湖畔徘徊幽静地，华扉轻扣友朋来。

2013 年

癸巳年腊月十九日岭南天虹琴馆迎春雅集

一缕炉香三尺桐，林泉丘壑意无穷。

抚弦萦转低徊久，脉脉韶光淡淡风。

2013年

广东从化流溪探梅

清溪曲曲绕冈峦，行至疏林兴渐阑。
忽见千枝梅竞放，冰姿玉骨傲霜寒。

2013 年

甲午年如月于回龙观王林海、杨春薇伉俪家中观林海画

笔底洪荒渺未央，因循天道理阴阳。

亦知淡处存真境，聊向虚无觅故乡。

2014 年

甲午霜序龙建安先生惠客家米酒

时雨时晴一霎凉，东篱且醉菊花觞。

由来此地秋偏好，桂子风中米酒香。

2014 年

忆《延吉晚报》工作感怀二首

其一

雕章琢句巧裁春，缕缕墨香思惠人。
晚报生涯君记否，一文一画见情真。

其二

天池照影一孤鸿，野马歌吟朔漠空。
岭海我今称散淡，茶烟竹雨落花风。

2014年

注：20世纪90年代至21世纪初，余在吉林省《延吉晚报》任《天池》副刊责编，曾有《野马歌》等刊于此报。后居广州治文史，别署半半堂主、散淡之人。

甲午年端午节前一日访吴虹阿姨，街边紫薇花开

端阳来访故人家，微雨新晴竹影斜。

珠水岸边清静地，街旁一架紫薇花。

2015 年

乙未秋闻延边二中同学聚会

琴书相伴客天涯，卅载流光改鬓华。

长忆校园新雪后，万千玉树绽琼花。

2015 年

乙未季冬羊城飞雪，口占一首以记

炎方自古少冰霜，忽见六花如絮扬。
空忆河南杨子宅，庭松盈雪姓名香。

2015年

注：杨孚著有《异物志》。屈大均《广东新语》云："常移雒阳松柏种宅前，降冬蜚雪盈树，人皆异之……"

乙未季冬龙建安先生赠炭步芋头

剥却蓑衣捣玉霜，放翁芋糁我今尝。

世人多已厌粱肉，翻羡农家米菜香。

2015年

雨中过萝岗梅林

乙未季冬，随广州市政协学习和文史委杜和平主任、付广平副主任等往玉岩书院调研。值雨步行过萝岗梅林。

天教春信付冰魂，万树千枝露蕊繁。

莫惜雨中飘落早，已将清气散乾坤。

2015 年

赠江扬女史

岭南欣遇素心人，妙笔生花迥出尘。

最是晤言相契际，清风朗月见精神。

2016年

丙申年夏广州市党校第二十七期副处一班结业话别，口占一绝

积惑存疑聚学堂，等闲驹隙逝流光。

自兹挥别道珍重，思似浮云万里长。

2016 年

丁酉年初秋台湾佛光山归途中作

钟磬时闻雨复晴，心空海岳片云轻。

灵山本在灵台现，花落花开一月明。

2017 年

台北太鲁阁

一路蝉声伴水声，碧溪白石引人行。

灵猿荡跃岚光里，回望浮云岭上横。

2017 年

贺刘东升先生出版《易经浅译》《穿越广州》《羊城鸿踪》

晴窗展卷自徜徉，消受闲中日月长。

恰似东风初试手，韶华次第费思量。

2018 年

注：刘东升先生曾先后出版《易经浅译》《穿越广州：关于这座城市的历史》《羊城鸿踪：关于这座城市的史迹》等，余曾参与以上书籍的编校工作。

秋游延边防川遇雨

迷离山色翠涵空，土字界碑依莽丛。

龙虎阁前驰目望，淡浓三国雨烟中。

2018年

注：延边珲春市防川景区位于中国、朝鲜、俄罗斯三国交界地带，临近日本海入海口，于龙虎阁上可以一眼望三国。

延边图们口岸

桥界中朝一线分，龙蟠虎踞几晨昏。

关楼送目天光黯，变幻风云掠国门。

2018年

注：口岸位于延边图们市区图们江畔，桥对面为朝鲜南阳国际口岸。

听女儿月童抚琴

烟波渺渺雨初晴，泻玉溜珠荷盖倾。

手抚冰弦思寂寞，余音渐杳月微明。

2018 年

编纂《广府金石录》、校陈恭尹墓碑拓本二首

其一

因何仆仆走风尘，憔悴支离欲避秦。
歌哭于斯醒复醉，天涯碧草总伤神。

其二

泥浊水深嗟独漉，寄身山舍泣夷齐。
杜鹃声里遗民老，忍读苍碑野草萋。

2019年

注：陈恭尹，字元孝，广东顺德人。著名抗清志士陈邦彦之子。初号半峰，晚号独漉子，取自古乐府："独漉独漉，水深泥触……父冤不报，欲活何为。"与屈大均、梁佩兰合称"岭南三大家"。

羊城湛家巷怀湛若水

天理从心随处悟，江门衣钵有传人。

至今里巷犹名湛，雨打风吹几度春。

2019 年

注：湛若水，字元明，号甘泉，广东增城人。明代大儒，得陈白沙衣钵。今广州法政路有湛家大街、湛家一巷至五巷等。

万木草堂

万木森森荫草堂，春雷醒蛰起苍黄。

当年讲学传经地，犹有峥嵘意气扬。

2019 年

注：原为邱氏书室，在广州中山四路长兴里 3 号。1891 年，应陈千秋、梁启超等人之请，康有为以变法思想讲学于此。

越秀山

千里来龙吞碧海，九州聚气秀天南。

越王台畔秋风客，一笑停琴入翠岚。

2019 年

注：越王台（又名粤王台），在广州越秀山上。传为西汉南越王赵佗所建。台久废，故址或在今镇海楼附近。

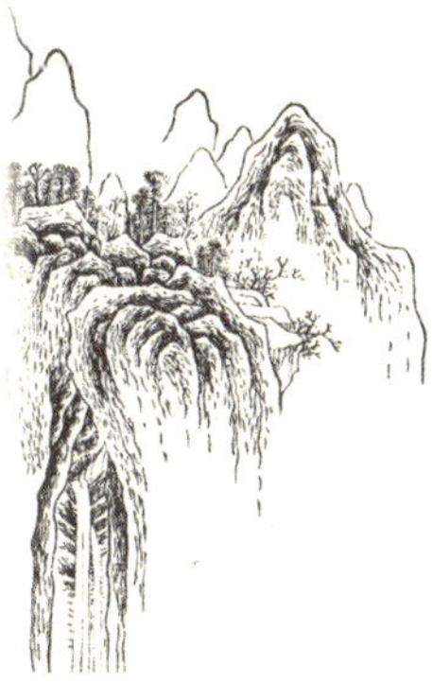

南越国御苑遗址之曲流石渠

溪流宛转水成文，芳径石桥过晓云。

池底劫灰今尚在，世间风雨又纷纷。

2019年

注：此遗址位于广州市中山四路，是我国目前发现年代最早、保存较为完好的地上汉宫苑实例。据《史记·南越列传》，汉军破南越国，纵火烧城。

读陈白沙诗

万丈青苍入海来，江门风月久徘徊。
澄心端坐十年悟，衣钵相传一钓台。

2019 年

注：陈献章，字公甫，号白沙子，广东新会人。明代思想家，心学的重要代表人物，广东唯一从祀孔庙之大儒。其《和杨龟山此日不再得韵》诗有“少年负奇气，万丈磨青苍”句。

读屈翁山诗

壮怀聊寄海云东，古戍荒台万木风。

一介布衣天下士，元龙意气几人同。

2019年

注：屈大均，字翁山，广东番禺人。明末清初著名学者、诗人，与陈恭尹、梁佩兰合称“岭南三大家”，著有《广东新语》等。

寄江英女史

林下风姿空谷兰，阳冰小篆舞回鸾。
与君同负烟霞癖，懒向红尘著眼看。

2019 年

注：己亥年夏，余撰“鱼跃鸢飞涵妙理；鸟啼花放见天机”为父母寿。由江英篆书。联在温哥华二老堂上。

庚子疫情

腊前疫起入新春，病毒频传似卷尘。

花信风来空妩媚，封门俱做避瘟人。

2020 年

庚子年冬观徐晋如师弟藏晚明张二乔抱琴小像

洒然标格出风尘，态自清妍意自真。

莫道知音千古少，满城花送可怜春。

2020 年

注：张乔，字乔婧，号二乔，明末广州歌伎。能诗画，不慕权贵，常与忠节志士诗词唱和。年十九，殁。出殡日，文人墨客百余人来送，人人各执一花环植墓园，据花赋诗，以寄哀思。其墓人称“百花冢”。

庚子岁阑得谢润青、李雅妍赠新年插花

谁驱斗柄斡春回，红紫芳菲次第开。

久旱忽逢霖雨至，更欣老友送花来。

2020 年

木棉

红燃天半巨珊瑚，此是花中伟丈夫。

漫把英雄豪侠气，染成岭海绮霞图。

2021 年

龙眼

颗颗金衣裹玉肤，谁人唤作荔枝奴。

琼浆香露瑶池品，益智安能疗我愚。

2022 年

注：晋代嵇含《南方草木状》云“荔枝过即龙眼熟，故谓之荔枝奴，言常随其后也”。北魏贾思勰《齐民要术》云“龙眼一名益智，一名比目”。

壬寅年六月五日黄木金、朱艳兰伉俪邀游钟落潭自家荔园，惠荔枝、黄皮，有谢

岭南佳果最清嘉，绝妙黄皮佐翠芽。

玉质绛衣甘露液，荔枝饱食不思家。

2022 年

注：黄皮，别称黄弹、黄枇、黄弹子、王坛子，岭南特产果品。

壬寅年七月十六日黄木金、朱艳兰伉俪邀往自家龙眼园摘龙眼归，有谢

行至山园喜欲呼，烟林粲粲缀骊珠。

我来思效东坡样，吟罢荔枝吟荔奴。

2022 年

癸酉年夏登长白山

白山绝顶近仙扉，岩岫屏环王母池。
袖挟寒烟临壑立，天开宝镜放云驰。
森罗浩浩林如海，清冷弯弯月似眉。
我欲浮槎向空阔，萧萧风色夕阳迟。

1993 年

注．长白山，民间称为老白山、白山泊子等。长白山积雪终年不化。

咏长白山

苍茫林海起危峦，横霭连天鸟道难。
峰绕清池涵倒影，岩浮积雪耀云端。
晴岚盈袖倚幽壁，飞瀑砯崖泻急湍。
长啸凭风谁会意，无边烟雨暮空寒。

1993 年

寄友人

乙亥年八月十六日接远游江南之友人信，谓已离北京前往南京，赋此以寄。

别时柳絮舞楼台，月到中秋尚未回。
京邑尘高挥手去，金陵梦好抱琴来。
乌衣巷口寻鸿迹，朱雀桥边倚水隈。
寒室茶烟正细细，蓬门何日为君开。

1995年

丁丑年冬赠《延吉晚报》李守田先生

柳枝新绿日初长，病榻怜君赠语良。
树蕙滋兰堪敬佩，握瑜怀瑾自清扬。
说文解字胸襟阔，把酒裁诗翰墨香。
心地天真偏适意，静窗闲看世人忙。

1997 年

送友人吴明南赴韩讲学

折柳何须长短亭，犹存醉墨壁间横。
兴酣落笔云烟起，心寂枕书风月清。
谈笑樽前生逸气，歌吟野外遣闲情。
从今水阔天遥处，一任高帆万里行。

1999 年

注：吴明南，朝鲜族，擅书法，曾来延边龙井登龙洞樵隐山房小住。

己卯年夏初会吉林诗友于北京中华诗词笔会

一夜京华客梦长，隔窗啼鸟故悠扬。
晴光枕畔斑斓碎，树影风前取次凉。
欲荐烟霞资野逸，聊凭诗酒斗清狂。
从今不管东君意，花落空山自在香。

1999 年

送周晓川老师、张静师母、陈青子老师往樵隐山房

庚辰年秋，业师周晓川先生、张静师母及陈青子老师往延边龙井登龙洞樵隐山房。余因有公务未能偕行，赋此篇。

云外山深野路长，海兰江畔稻花香。

忽逢一处清幽地，可抵十年尘梦乡。

岩下甘泉随意饮，园中玉黍任君尝。

村头或遇牵牛老，挥手殷勤问暖凉。

2000 年

五仙古观

隔却红尘一洞天，五羊衔穗是何年？
烟波曾绕坡山渡，石穴犹存拇迹泉。
古木含风依殿后，片云筛雨过楼前。
我今细辨苍苔字，竹叶摇青花欲燃。

2006年

注：羊城五仙观旧祀五羊仙人，后为广州市越秀区博物馆，余任馆长时拓碑稽考，著《五仙观金石》。

与越秀区文化局诸同事在从化温泉宾馆疗养

一翁垂钓碧溪湾，霜树萧萧秋满山。
过尽流云人聚散，忽闻野径鸟间关。
落红随水花香远，晴绿摇风竹影斑。
长叹槐柯尘梦短，公余暂得片时闲。

2009年

广州塔

铁骨纤腰百丈梯，烟横雾绕幻虹霓。

光浮珠水星疑落，气压云山天欲低。

十万人家春眼底，三千越路海门西。

登临已觉四维尽，俯仰悲欢一望迷。

2010年

咏怀圣寺光塔

一塔轮囷珠水前，潮生潮落越千年。
井泉时度流云影，晴鸟空啼古树烟。
十里蕃坊居海客，五更灯火照归船。
唐风宋雨须臾过，椽笔依然写碧天。

2010年

注：怀圣寺在广州光塔路，据传由阿拉伯伊斯兰教先贤宛葛斯主持、侨居广州之阿拉伯穆斯林商人捐建。南宋岳珂在《桯史》中云曾游此。方信孺《南海百咏》记曰：“蕃塔始于唐时，曰怀圣寺塔。”

羊城三元宫

越冈之麓楚庭巅，琳馆清幽隐洞天。
石磴苔生松过雨，宝炉香散竹含烟。
烧丹葛令留鸿迹，分艾鲍姑遗井泉。
久立花阴读碑字，关关鸟语似谈玄。

2010 年

注：广州三元宫在越秀山南麓，原名越岗院。公元 319 年，东晋南海郡太守鲍靓为其女鲍姑所建。鲍姑后嫁葛洪，二人在此行医数载。

己丑年腊月十八日悼李汝伦先生

笔挟风雷撼巨波，此时咫尺邈山河。
一腔孤愤忧民切，六字箴言惠我多。
傲骨崚嶒心桀骜，诗肠婉转泪婆娑。
箫声已远高吟去，星陨天悲奈若何。

2010 年

注：2003 年，余受中华诗词学会委托专访李汝伦先生，撰文《纵横诗史间——访当代著名诗人李汝伦先生》刊于《中华诗词》。先生创办《当代诗词》，以“公心、法眼、铁面”自律律人。钱锺书先生曾赞李汝伦先生“胸中泾渭分明，笔下风雷振荡”。余于 2004—2006 年兼任《当代诗词》责编，每以自励。先生性善，怀故乡、念民瘼，常自潸然。先生仙逝之日，余诗以挽之。

辛卯年春游西安大明宫遗址

城阙蜿蜒拱北辰，霜天钟鼓报晨昏。

寒凝露掌擎三殿，光映瑶阶启九门。

万国衣冠朝衮冕，千年风雨剩苔痕。

长安一片玲珑月，依旧多情照废垣。

2011 年

赏西安青龙观樱花

轻寒轻暖乐游原，一树繁樱古观前。
玉琢粉妆方旖旎，靥深颦浅自清妍。
遥闻海国倾城赏，应是东君着意怜。
从此飞花时入梦，匀分春色淡含烟。

2011 年

咏金山岭长城

蜿蜒万里巨龙蟠，壁垒青砖雉堞残。
壮士弓刀驰塞上，将军铁甲斩楼兰。
引燃烽火云天黯，吹动胡笳朔雪寒。
伫立长城难自许，少年意气等闲看。

2011年

辛卯年冬游青海湖

云沉青海隐层巅，疑有蛟龙蛰广渊。
何处仙人栽玉树，几时王母坐琼筵。
曾闻神阙高千尺，始信昆仑近九天。
独立苍茫愁日暮，此身安得御泠然。

2011 年

壬辰年七月雨中谒南华寺。卫明，陈云礼、万秋艳伉俪，朱洪辉、杨红伉俪同游

疏风细雨访曹溪，古刹依山隐翠微。

亘古一灯能照夜，当年六祖得传衣。

十方世界了然寂，诸法我心何所归。

卓锡涌泉流脉在，不劳花鸟问禅机。

2012 年

注：南华寺在广东韶关曹溪畔，始建于南北朝梁武帝天监元年（公元 502 年）。因六祖惠能在此弘法，亦称六祖道场，为佛教禅宗祖庭。

自羊城乘火车返延吉途中次韵壬辰漏夜四家联句

乡心迢递归程远，物象清明化万千。
漠漠寒林依北阙，潇潇风雪动南燕。
人行岭海关山外，春在霜花玉树边。
幸得此生存逸韵，聊将诗酒酹江天。

2012年

贺吴虹阿姨八十寿诞

八秩光阴岂等闲，冰城月向穗城看。
征程万里心无悔，德艺双馨景未阑。
幸有芝兰庭砌秀，不求名利地天宽。
年年今日迎花信，好祝斯人永寿安。

2012 年

注：吴虹，哈尔滨人。早岁参加革命，南下广州后曾在广州市人民政府外事办公室等单位任职，退休后牵头组建广州老年模特队，任广州模特协会主席兼岭南风采艺术团团长。

偶感

无雨无风尽日阴，莺愁蝶怨绿烟深。

曾参遇谤焉容辩，阮籍穷途空啸吟。

质钝终难谙世故，性迂犹厌识机心。

明朝归去田园好，枕石眠云涤我襟。

2013 年

觅得米芾药洲九曜石诗刻有作

石如星曜列清池，南汉仙湖劳梦思。
花药琼芝红旖旎，海洲云树绿参差。
摩岩空怨苔侵久，寻字应嗟我到迟。
觅得米公诗刻际，秋烟脉脉夕阳时。

2015 年

注：乙未九月廿六日，余因撰《药洲石刻》，往广州西湖路药洲拓石。于夕照余辉中在仙掌石苔痕处觅得米芾《九曜石》诗刻。屈指算此迹湮没无人知，至今百余年矣。

己亥夏祝父母偕寿

游居海外竟寻常，童稚承欢乐未央。

明月清风无尽藏，秋菘春韭有真香。

读经听法年光永，调膳莳花兴味长。

一任东西南北地，此心安处是家乡。

2019 年

己亥立冬日得刘红丽友赠“龙门二十品”碑拓，喜作

久慕龙门二十镌，笔风峻逸并雄妍。
魏碑独步开新面，隶楷相参革故篇。
折铁横戈聊顿挫，崩云掣电竞联翩。
摩挲细品穷清夜，以指书空欲曙天。

2019 年

庚子疫情

腊前疫起黯三春，瘴雾终成似卷尘。
次第芳菲空妩媚，避趋祸福见嶙峋。
恨无长技苏民瘼，冀有良医济世人。
待挽天河洗疵疠，一番风雨一番新。

2020 年

庚子年李汝伦先生十周年祭

空叹流年逐逝波，斯人天际渺星河。
信知光焰文章在，争奈浮生忧患多。
送眼梅花期抖擞，寄情诗史自摩挲。
只今犹记澄清意，屈指如公有几何。

2020 年

注：2003 年春，余受《中华诗词》所托往羊城采访李汝伦先生，曾问其得意诗句，答曰“耳到云巢觅响雷”“何当送眼上梅花”，声音响些，风骨清些 。

澳洲杨明先生周年祭

去岁鸿儒驾鹤归，三千词翰见玄微。
身居异域传文脉，情系神州览德辉。
笔底烟云心底鉴，胸中海岳梦中飞。
风标长在人间世，万古襟怀素月晖。

2021年

值建党百年之际，参观广州农讲所感怀

黉宫旧地殿廊深，百载浮云变古今。
济济群英开绛帐，悠悠泮水照青衿。
书灯摇夜唤民醒，星火燎原挽陆沉。
回望伟人经行处，红墙掩映绿成阴。

2021 年

注：广州农民运动讲习所旧址原为番禺学宫。1926 年 5 月至 9 月，第六届农民运动讲习所在番禺学宫举办，毛泽东任所长，周恩来、萧楚女、彭湃、恽代英等任教员。

壬午年五月周汝昌老以“吟深阴寻林”韵见要属和谨次韵二首

其一

岭海聊为越客吟，故园三径白云深。

负暄曾听燕莺语，采菌时眠松柏阴。

柳絮愁生风乍起，梨花梦醒月相寻。

煮茶犹记冰泉冷，雪落空山寂寞林。

其二

手挥目送自沉吟，寂寞古今幽意深。

蝶梦无凭迷草色，鸥盟有待醉花阴。

摇风玉树青千尺，激涧流泉碧万寻。

乌鸟惊寒栖不定，啼声带月响空林。

2022 年

注：壬午年五月，周汝昌先生嘱余以“吟深阴寻林”韵试作律诗。时事冗，未能即奉。此二诗，其一作于甲申年，时余初来岭南；其二作于壬寅年，乃试奏《古冈遗谱》之《怀古》《神化引》《鸥鹭忘机》《玉树临风》《碧涧流泉》《乌夜啼》诸曲之感慨，兼怀先生。

谢陈永正师赐墨宝

落纸便教凡马空，清辞令德几人同。

岭南山斗斯文柄，笔底龙蛇造化穷。

杨子著书耽静趣，谢公梦草想流风。

遥知一握青编里，思入古今天地中。

2022 年

注：余著《广府金石录》，曾请益于陈永正先生。书成，再趋沚斋请教。先生颇赏赞，以行书《杂诗百首其二十六》赠。其诗曰："秋花湿不飞，但闻冷露滴。莫教捡将归，宵梦恐无色。"恭悬半半堂，素壁生辉。

野马歌

野马出西北，横绝三万里。
飒沓轻蹄扬散鬣，炯然星瞳批竹耳。
生成逸气凌霄汉，当空长嘶暮云紫。
暮云紫，秋月白，汉苑龙媒立仗策。
更嗟汗血着雕鞍，塞上清角振灵魄。
我愿野马任昂藏，追风逐电动天罡。
冰河踏破嶙峋骨，燕草春回露凝香。
千金骨，三品馔，玉鞭锦障何足羡。
生不受金羁，死不抵槽枥。
泯耳攒蹄服盐车，终使骅骝长戚戚。
歌野马，久低徊，堪叹世间凡马哀。
俗目未可识天步，腾骧岂待浮云开。
人生飘忽真如梦，蝼蚁王侯俱尘埃。
会当奔雷惊大漠，野旷风疾我归来。

1998 年

注：戊寅年夏余于延吉作此诗，田成义先生遂画马，王文彬先生题诗于画。三人各持一幅，喜而归。诚一时乐事也。

半半堂歌

百载流光将过半，回眸甘苦半联翩。

半居村落半居市，半听车流半听鹃。

身处半山半海地，生逢半俭半丰年。

宅心半巧半愚拙，应世半方半曲圆。

半理瑶琴半拓片，半忙吏牍半诗篇。

半床书卷半窗月，半屋茶香半榻烟。

半浊半清自酿酒，半荤半素家常筵。

亲人半近半遥远，尘事半推半绕缠。

用器半精半简陋，衣裳半旧半新鲜。

半思父母半思女，半爱梅花半爱莲。

半静半喧半用舍，半儒半释半神仙。

半痴半悟参禅悦，半梦半醒识幻缘。

半卷半舒云出岫，半明半隐月经天。

谁能解得半滋味，一笑得鱼半忘筌。

2020 年

注：余故乡延吉东郊有堤柳稻田，曾赁居小楼数载，名其室曰“半半堂”。今居羊城寺右，乃“城中村”也，楼顶大天台颇有花树，好鸟时来，仍以“半半堂”名之。

壬寅秋以羊城区君虹先生古木琴奏《天闻阁琴谱》之《流水》

余从区师学琴数载。20世纪末，区师以旧梁木斫琴，半留其肌理。郑珉中先生赞其音苍古清淡，其制超凡脱俗，前无古人。余试以此琴操《流水》，喜而作。

自古良材多寂寥，谁辨桐声爨下焦。
天生嘉木期大匠，老屋架梁暮复朝。
一夕弃置墙隅侧，幸遇知己善斫雕。
因势循纹存瘿蠹，归真返璞寄孤标。
感今怀昔操绿绮，冰弦霜轸响流水。
碧涧寒溜滴真珠，细泉涓涓漫石砥。
洄潭渌净峦壑暝，松涛溪雨空林里。
百叠青山万寻瀑，奔浪喧豗澹烟起。
澄江逶迤绕芳洲，花树夹岸移钓舟。

九曲入海生明月，波光摇荡豁清秋。

沧溟壮阔鱼龙潜，潮涌寒光蜃气浮。

回望杳蔼渔帆远，闲云飞鸟自悠悠。

奇哉此琴与此曲，古贤高风递传续。

伯牙子期安可求？千载逸韵铿金玉。

郢斤巧挥法自然，雍门试鼓远尘俗。

清操雅器得相遇，平生所望亦已足。

嗟余幽抱久消沉，聊托峄阳写遐心。

樗散自知非时用，诗思禅慧有素琴。

阳春白雪识者少，从来绝调寄意深。

弹罢指上生凉意，坐听风叶传清音。

2022 年

半半堂诗词稿

词曲稿

生查子·红豆

青丝绾辫垂，素手拈花嗅。含笑半含羞，相约黄昏后。　　君如一鹤遥，我似梅花瘦。灯下展云笺，中有双红豆。

1989 年

浪淘沙·寄卫明

衰草漫沙洲，何处勾留？白茅紫萼惹清愁。碎盏枯花难会意，偏记温柔。　　无绪事皆休，才过中秋。澹烟明月在空楼。纵有轩窗兼细雨，谁看梳头。

1990年

浣溪沙·婚后偶感

1991年5月，余与卫明婚后赁居城东，有稻田堤柳，可望南山。

绾个同心做个愁，时晴时雨总无由。春山千叠到眉头。　一缕情思何处系？两行清泪背人流。柳烟斜照枉凝眸。

1991年

鹊桥仙·寄卫明

晴窗静案，淡茶冷砚，镇日寻章摘句。等闲怀抱漫消磨，蹉跎了、秋怀吟绪。

野藤萦石，山花迷梦，木叶荣枯散聚。应知风物属闲人，试君意、何如归去？

1994 年

贺新郎·乙亥年元日登延吉东山感香港将回归祖国有作

踏雪登临去。倚霜风、群峦堆玉，冰河披素。残腊长空涵清气，未许纤云稍驻。吟啸罢、松涛犹怒。黑水白山英杰地。记当年、猎猎红旗舞。夕照里，山无数。　千年兴废堪凝伫。怅八荒、客星犯斗，震天鼙鼓。惊破冥茫中华立，已是民熙国裕。又喜见、珠还合浦。剑胆诗心收拾起。送双眸、天际鹰扬处。风浩浩，上云路。

1995 年

临江仙·为潘力生、成应求伉俪双寿

寿至耄期犹笔健，诗联合璧嘤鸣。唐声宋韵最堪听。客愁逐浪起，归思共云生。

白首双栖瀛海外，相濡相煦深情。杜鹃声里共携行。心如瑜瑾洁，月是故乡明。

1996 年

清平乐·丙子年元月寄与远游江南之华忠昌、华国昌兄弟

霜花凝树，人在江南路。过尽流云归计误，乡思弦中漫诉。　　记曾岁旦天寒，相邀踏雪东山。口哨声随人远，村墟几缕炊烟。

1996 年

蝶恋花·丙子中秋望月，吟岳飞《满江红》，感慨香港回归有赋

碧落无尘澄似洗。初转冰轮，辗出霜无际。伫立凉阶清照里，谁知深拜团圆意。

欣喜彩云归故地。一阕雄词，唱罢生豪气。梦度香江潮正起，紫荆花绽秋风细。

1996 年

满江红·丙子年五月初三登高，念香港回归在即，作此篇

夕霭浮空，斜阳外、群山迤逦。登临望、一天春意，千般明媚。俯仰乾坤悲聚散，低徊今昔嗟兴废。近归期、百载感沧桑，思如水。　　狼烟举，山河碎。当年耻，摧肝肺。叹香江萧瑟，怨红伤翠。孤燕归林栖旧垒，明珠还浦挥清泪。且扬眉、对月举芳樽，相邀醉。

1996年

鹧鸪天·戊寅年三月七日夜听华忠昌、华国昌兄弟弹古典吉他

烛影纤纤花影轻，珑玲弦语若为情。风翻荷叶泻珠露，雨打花枝飘玉英。　　挥指处，裂春冰，泉喷谷应夜鸿惊。曲终寂寞窗前月，人与琴音一样清。

1998 年

满庭芳·己卯年澳门即将回归

雾锁寒桥，波凝冷月，神州濠镜难圆。天涯咫尺，别梦总堪怜。国弱群魔任炙，望洋上、风雨如磐。频相问，来帆去雁，归计又年年。

云天龙振起，星移物换，鹊返珠还。但笑看，紫荆遥映香莲。一寸葵心向日，漫赢得、如此江山。从今后，长风万里，吹浪送行船。

1999 年

鹧鸪天·贺翟志国先生、秋枫女士新婚与吉林诗友再聚长春

玉露金风河汉间，诗家清景趁华年。闻琴解佩栖霞侣，弄笔猜书文士缘。　风款款，影娟娟，锦心素手璧人妍。为酬今夕双星会，花在秋庭月在天。

2000 年

阮郎归·刘子敏、宋新波、刘明生三友周末到访樵隐山房，时余与卫明园圃耕作

耦耕闲倚碧山庐，草繁时忘锄。客来三径愧荒芜，小窗贪读书。　家酿酒，野生蔬，为君倾几壶？眼分青白任狂疏，浮云卷复舒。

2001 年

倚栏令·癸未年冬题陈青子阿姨《梅花图》

孤村信步寻芳，正寂寂、云沉雾凉。竹外疏篱临水处，一树寒香。　勾留千古诗肠，惜红萼、凭谁寄将？玉笛终宵飞梦里，影落清江。

2003年

满庭芳·闲步新河浦、东湖

甲申年春余自京来穗，任职《秋光》杂志社，兼任广东中华诗词学会《当代诗词》编辑，暂居美华北路9号编辑部二楼。路接新河浦、东湖。

纤雨寒浮，嫩烟春浅，香氛镇日氤氲。莺簧弄巧，红绿一番新。是处闲亭芳陌，默相对、数点微云。石栏畔，流波照影，叠叠蹙眉痕。　　凝神，风动处，花胎似笑，柳眼含欣。怕飞絮游丝，轻种愁根。检点年来思绪，空落寞、生计磨人。低回久，心阑意倦，烟草欲黄昏。

2004年

浣溪沙·茉莉

岭表移栽海外芳，琼田玉树自生凉。梦回花气透帘香。　　零露临风闲态度，串珠簪蕊旧风光。阿谁唤作小南强。

2004年

注：据《清异录》，五代周世宗遣使至南汉，南汉主刘晟赠使者茉莉，美其名曰：“小南强。”其后，宋平南汉，执晟子鋹至洛阳，不识牡丹，人谓此花名“大北胜”，以报“小南强”之语。

天香·新河浦白兰花

玉骨玲珑，芳心缱绻，浮动幽兰香气。解佩湘灵，行云神女，偶把琼瑶遗坠。皎然纤指，晓雾里、欲舒还闭。清夜何消解语，思量客中风味。　　别样风流旖旎。上帘钩、月华如水。楚畹蕊宫灵种，几番沉醉。枕畔书边密意，借风露、盈盈凝粉泪。心上闲愁，眉尖旧事。

2004 年

注：2004—2005 年，余寓居广州美华北路 9 号《当代诗词》编辑部二楼。南阳台为白兰老树所遮，终日得享清阴花香。

鹧鸪天·悼江星诗翁

忽报诗翁驾鹤归，秋风凄恻晚芳悲。温文尔雅春云澹，磊落虚怀秋月辉。　曾赐墨，共敲诗，来春许我赋新词。冰魂雪魄飘何处，凉意萧萧漫怆思。

2004年

注：江星先生曾任广东中华诗词学会副会长，擅写诗作篆，谦和淡泊，与人为善。甲申年秋仙逝。余曾协助其家属编辑其遗稿《江流千里》。

八声甘州·寄吉林翟志国、刘庆霖、许清泉、寇彦龙、崔虹、田子馥诸诗友

对云山珠水四时春，乡思总无凭。渺越台烟雨，素馨茉莉，几度飘零。辜负华年如水，云鬓已星星。却向何人说，岭海心情。

记得松花江畔，趁浪平沙软，诗侣同行。顺长流一棹，岸草正青青。念此生、浮萍散聚，待何时、觞咏共忘形。空怀得、万般心绪，卧听秋声。

2005年

鹧鸪天·丙戌年冬考察文物建筑于潮州甲第巷

深巷斜晖映画墙，虚檐古瓦旧雕梁。闲阶生草蝶时舞，小院无人花自芳。　风乍静，昼初凉，晴丝袅袅慢时光。当年素手谁家女，曾启玲珑一扇窗。

2006 年

注：甲第巷乃古潮州仕宦商贾望族聚居之地，至今留有明清街巷格局，一巷中存十余座明清宅院。

江城子·武夷九曲溪

一篙点碎碧琉璃。小舟移，绿烟迷。万壑千岩，取次竞幽奇。玉女秀峰凭水立，空对影，惜罗衣。　　几番魂梦到清溪。芰荷衣，烂柯棋。访道寻仙，谈笑共忘机。漱石枕流君莫管，尘事杳，幻云霓。

2007 年

注：丁亥年冬，余携论文《放翁茶诗意境营造手法之浅探》参加武夷山陆游国际学术研讨会。该文后刊于刘庆云主编之《放翁新论》中。参会时与众诗人同游武夷九曲溪。

采桑子·与越秀区文化局陈健秀局长同往天虹琴馆开展岭南古琴非遗调研，听区君虹、区宏山父子弹琴即席

莺啼芳树春犹浅，访友欢言。洗盏烹泉，评字谈书半日闲。　素琴初弄琼瑶碎，忽起风烟。流水高山，落絮飞花弹指间。

2007年

鹧鸪天·苏州耦园

杨柳烟深水一湾，小园香径贯苔垣。石峰曾绕双飞蝶，池畔元开并蒂莲。　　同写韵，共题笺，檀郎谢女好因缘。书窗琴阁今犹在，堪羡鸳鸯不羡仙。

2007年

注：耦园前身为“涉园”，建于清初，咸丰年毁于兵燹。同治十三年（1874年）沈秉成购得废园，扩地营构，易名“耦园”（耦通偶，寓夫妇偕隐意），与夫人在此偕隐八年。

浣溪沙·深圳大梅沙

山蹙眉峰雨织愁，聊从王粲赋登楼。海天一望豁吟眸。　云色苍茫归落日，潮声镗鞳壮清秋。依稀天际下归舟。

2008 年

清平乐·宏村印象

月桥古树，村落笼轻雾。黛瓦粉墙参差处，归路几番回顾。　　遥思锦瑟华年，琐窗隐约眉弯。堪叹云舒云卷，一池夕照残莲。

2008年

注：安徽省黄山市黟县宏村，是一座经过严谨规划的古村落，现存完好的明清民居四百四十多幢。宏村古民居群是徽派建筑的典型代表。

西江月·梁园

绿隐月门深院，红飞曲槛闲庭。新莲出水自娉婷，夹岸修篁幽径。　入眼名园风物，赏心妙笔丹青。浮生如梦几时醒，啼鸟一声破静。

2008 年

注：梁园位于佛山市禅城区，是清代岭南文人园林的典型代表之一，与余荫山房、清晖园、可园并称为“岭南四大园林”。

千秋岁·赠王贵忱先生

少年豪气，辽海驰飞骑。霜角动，征尘里。关山边月白，珠水莲峰翠。销锋镝，岭南聊作栖心地。　　一笑功名事，四海魁奇士。高阁上，穷经史。说文花雨落，落笔霞烟起。谁会得、凭窗坐看云飞意。

2010年

注：王贵忱先生，辽宁铁岭人。古文献版本学家、古钱币学家、金石学家、历史学家及书法家，潘景郑先生誉其为“魁奇之士”。贵忱老晚年所居“可居室”，与余之“半半堂”仅百米之遥，故时趋之，亲其謦欬。余历八载所著《广府金石录》，得先生题字勉勖，且谓此书颇可流传后世云云。

行香子·辛卯中秋待月

岭海秋还，溽暑将阑。上天台、待月清圆。香茶纨扇，丛桂幽兰。奈笼中鸟，庭中树，井中天。　　蜗名蝇利，红尘牵绊。算何时、终得长闲。琴棋诗酒，啸咏霞烟。对山间云，林间月，石间泉。

2011年

临江仙·贺吴虹阿姨八秩华诞

锦瑟华年投革命， 相知缘结松江。千山万水证情长。舞姿兼墨韵，虹彩伴星光。

岭海庭阶兰蕙茂，晚晴辉映南疆。金萱愈翠傲寒霜。心存报国志，夕景赛朝阳。

2012 年

注：江星、吴虹伉俪早年参加革命工作，结识于松江畔。江星先生擅诗词书法。吴虹女士退休后曾先后组建广州老年模特队、广州老百姓艺术团、广州模特协会岭南风采艺术团。

青玉案·壬辰中秋赏月

花田风起花城暮，但暗送、花香度。珠水微茫涵玉宇。冰轮初上，清光流布，依约蟾宫树。　　人生何必伤离聚，岭海心情世间路。一笑樽前花解语。半帘竹影，满襟风露，且共嫦娥舞。

2012 年

一落索·壬辰秋谢刘斯翰先生惠赐《童轩词》

乍展清词一卷，珠玑盈案。谢家书种世相传，瞻玉树、阶除满。　曾记盖倾古观，故人心眼。算来风物几番新，微吟罢、惊秋晚。

2012 年

注：刘斯翰先生，号童轩，诗人、学者，出身岭南书香世家。著《童轩词》，曾为余《五仙观历代诗词文赋选注》赐序。

霜叶飞·追思周汝昌先生

墨花盈砚。挥毫处，斜风疏雨浮案。半盲慧目射岩光，与素心同粲。拢耳听、温言侃侃。笑拈诗韵邀同撰。更妙迹云章，看老笔、盘空曲铁，文采星焕。　梦里梦外红楼，草灰蛇线，解味青埂残卷。等闲不惜度金针，自著书无倦。叹别后山遥水远。兰摧玉折芸香散。但怅望、苍烟外，天际真人，月昏云断。

2012 年

注：周汝昌先生，红学家、古典文学研究家、诗人、书法家。余少时甚宝爱先生《石头记人物画》中配诗，后见业师周笃文先生书室有高士图题“着我楼中一颙望，为谁天际想真人”，题诗者正周汝昌先生。观之神往久。周笃文先生因携往拜。时汝昌老已过杖朝之年，目疾甚，近失聪。拢耳以听、

蔼然以答，感人肺腑。先生慨然以《千秋一寸心》题赠。余时在京谋职，遂时常拜访先生。先生又写易安词《如梦令》以赠，嘱以“吟深阴寻林”韵试作七律。后居羊城，屡得其长女伦苓姐寄汝昌老题字新作，亦甚感念。作律事，因事冗，未能遵嘱即奉，先生已仙逝矣。甚憾。曾撰《为谁天际想真人——与周汝昌先生交往二三事》以记之。

浣溪沙·癸巳春节

昨夜花街笑语暄，客心诗鬓又经年。撰联书福接新元。　　桃李春风珠水月，冰灯霜树故园天。今宵万里祝平安。

2013年

浣溪沙·癸巳年端午观龙舟

又是家家飘粽香，绿阴渐满日初长。时风时雨近端阳。　　寻艾踏青花影乱，扒舟竞渡鼓声忙。几人留意问沧浪？

2013 年

鹧鸪天·癸巳年夏登长白山天池

车入苍茫林海间，盘旋更上石峰巅。似冰似镜瑶池玉，如幻如真蓬岛山。　云影散，鉴光寒，澹然千古静生烟。晴空日月同辉映，十六峰边欲访仙。

2013年

好事近·癸巳中秋赏月有怀

云淡露华凝，梧叶桂香时节。寂寞楼台灯火，对竹间明月。　　流年似水客心惊，清辉了如雪。纵使林泉堪待，又几番圆缺。

2013 年

画堂春·甲午除夕与家人行花街

花街香雾渐氛氲，乐音灯影芳尘。万人迤逦共良辰，笑语纷纷。　桃李东风有信，林泉乡梦无痕。客心已惯岁华新，今又逢春。

2014年

踏莎行·甲午年春北京回龙观听杨春薇弹奏《梧叶舞秋风》

兰室清和，娇儿柔婉。羊城一别京华见。瑶琴依旧韵疏迟，明徽素手吟秋晚。　　梧叶翻飞，风旋云乱。星寒月冷霜阶畔。闲愁点点任飘摇，归来梦里追行远。

2014 年

柳梢青·甲午端午

角黍香飘，彩丝绕腕，寻艾江皋。水上龙舟，风中箫鼓，看尽人潮。　　年年暮暮朝朝，叹醒醉、芳菲寂寥。竹外花轻，窗前烟软，且读《离骚》。

2014年

醉花阴·女儿月童中山大学毕业后往纽约大学读硕士，余染恙未抵机场，卫明送行

挥别屏中身影小，怀抱瑶琴笑。无计遣离愁，絮语叮咛，早把平安报。　　已成羽翼高飞鸟，何惧云途渺。欢喜自心生，未负青春，天意随人好。

2014年

注：女儿报到途中遇师长问其何以欢喜？答曰：对未来的憧憬令我充满探寻的喜悦。

秋波媚·甲午中秋念月童，时负笈纽约

秋镜当空又重磨，今夕素辉多。青天碧海，红颜白发，怕问姮娥。　　凉风一缕来天末，娇女意如何？与谁共话，蟾宫月殿，桂影婆娑。

2014年

拜星月慢·与父母观《星际穿越》电影

旷宇无垠，孤舟有路，飞入苍溟暗幔。历井扪参，待周天巡遍。恁奇绝，但见、光云宿海堆积，日曜银河旋转。芥子须弥，证虚空无限。　　地球遥、已似尘难辨。失昏晓、万古洪荒变。虫洞一瞬千年，任时空推演。料人间、老却青春面。重归日、斧烂槐柯散。但矫首、天地无声，正星程汗漫。

2014 年

清平乐·乙未除夕忆昔与月童行花街

雨纤风软，袅袅晴丝绾。紫陌芳菲争入眼，依约颦轻笑浅。　小窗书卷参差，浮生几处栖迟。记否年年此夜？羊城花市归时。

2015年

菩萨蛮·乙未正月初三为卫明生日。其时著书于东北山中，余在羊城亦著书

幽窗小坐披周易，花香初透春消息。一晌客愁轻，鸟鸣三两声。　　年来添鬓雪，惯得长离别。屈指数归期，田园归卧迟。

2015年

踏莎行·乙未端午

佳木成阴，芳菲事了，才晴又雨青梅好。龙舟水满竞标忙，风檐展读离骚稿。　世事悠悠，予怀渺渺，而今醒醉慵分晓。缠丝悬艾过端阳，谁怜南国菖蒲老。

2015年

西江月·乙未中秋有寄

竹外楼间明月，灯前帘底花香。浮生几度又秋霜，乡梦心头枕上。　　世路难知聚散，人情已惯炎凉。一般万里共清光，谁与江湖相忘。

2015 年

临江仙·为江扬女史生日作

华筵新开芳草茂，遥瞻海屋春融。清才殊调谢家风。藻章如吐凤，文采擅雕龙。

还记年来相约事，岭南同寄游踪。归来把卷醉星空。高情传锦字，逸韵付丝桐。

2016 年

注：江扬著有《留住那晚的星星》散文集。

踏莎行·丙申除夕《药洲石刻》稿成，恰值友人肖殿华赠梅子酒

银柳初萌，红桃欲绽，夜来花市连星汉。几番晴雨酿东风，今宵又把流光换。　　梅酒香清，篆炉烟暖，药洲石刻堪成卷。人生百事莫思量，何妨诗笔长萧散。

2016 年

西江月·丙申端午

五月龙舟水满，几家箬叶香飘。榴花相伴读《离骚》，便把端阳过了。　　世路风风雨雨，尘心暮暮朝朝。此生谁共仰清标，千古高情一笑。

2016 年

鹧鸪天·《广府金石录》校罢值丙申中秋

帘外蟾光弄影柔，新凉满袖自凭楼。听风听雨韶光老，如梦如烟花事休。　金石债，此番酬，岭南碧树又惊秋。为嫌笔少烟霞气，坐看青天孤月流。

2016年

琐窗寒·怀思麦英豪先生

古木高台，寒波冷月，鹤归何处。依稀笑语，秀爽座间风度。羡平生，残编断简，秦砖汉瓦痴如许。剩陵原衰草，宫池苔径，越台烟雨。　　凝伫，云间路。任物外乾坤，往还今古。逢人说项，落落虚怀相付。叹书间、遗墨尚存，争教地脉沧海阻？且临风、一酹先生，岭峤花无数。

2016年

注：麦英豪先生，考古学家、广州博物馆名誉馆长。余任越秀区博物馆馆长期间，幸识先生。先生事冗，然因公所求，莫不慨然允诺。古道热肠，令人感佩。先生患病时，余与卫明登门看望。先生略无戚色，言笑晏晏，询我《广府金石录》书进展如何。岂料，此乃见先生之最后一面。

蝶恋花·丁酉元日卫明新书《闲话南粤先贤》将付梓

谁遣晴光穿晓户。无尽春工，点染花千树。各自天涯芳草路，樽前笑语应如故。

清景无边皆可负。一卷书成，物外无今古。料得蓬山回首处，浮生如梦花如雾。

2017 年

柳梢青·丁酉端午

余所著《五仙观金石》与卫明所著《广州粤剧戏服》皆付梓。然著书虽可遣怀，无复少年采艾之乐矣。

野郊初曙，少年犹记，寻芳烟渚。绿艾香薰，彩丝缠腕，沾衣花露。　　而今岭海经年，惯听得、龙舟箫鼓。且抱幽襟，书窗卒岁，忘机鸥鹭。

2017年

一剪梅·心远庐

友人潘志文、陈彦华伉俪于广州花都天湖峰境置新屋，室名“心远庐”，用陶潜“心远地自偏”意。应其邀，丁酉年仲夏余与卫明、郭永标同访之。

王子山前湖水平。云影天光，芳甸繁英。倚窗便觉近烟霞，野霭盈襟，远嶂横青。

陶菊楚兰手自营。境寂人闲，月白风清。地偏心远有余情。半壁图书，百啭流莺。

2017年

高阳台·圣心大教堂

塔耸双尖，堂呈十字，宇中哥特奇观。五彩花窗，晴光弄影斑斓。管弦歌咏声飘渺，绘圣经、描翠流丹。对年年，帆影潮音，落日寒烟。　当年夷炮平行署，叹残灰未冷，石室营坛。鼙鼓惊心，清廷物力输捐。漫嗟荣辱兴衰事，到如今、已换人间。任流连，月色依然，灯火依然。

2017年

注：圣心大教堂又称“石室”，全球四座全石结构哥特式教堂建筑之一。第二次鸦片战争期间英法联军攻陷广州，夷平两广总督行署。其后法国政府威胁清廷，欲用此地建教堂。咸丰帝遂下诏准建。

临江仙·丁酉年初秋游台湾日月潭

潭影悠悠涵碧落，山形迤逦双龙。轻舟叠浪趁苹风。我来寻故迹，谁复问穷通。

踏歌一曲堪延伫，回眸诸相皆空。蒋家别苑已无踪。乡心芳草绿，归路暮天红。

2017 年

清平乐·台湾淡水印象

云凝云散，淡水依山转。潮落潮来惊拍岸，古堡旌旗变幻。　昔年梦断残钟，而今人事匆匆。欲问老街记否？海门落日天风。

2017 年

少年游·台北九份小镇

傍山滨海，高坡深径，灯影竞繁华。招牌商号，相连栉比，来往客如麻。　　一霎恍然千寻境，重现旧人家。醒醉虚真难分辨，浮生事、付烟霞。

2017 年

注：小镇依山而建，屋顶鳞次栉比，小巷亦蜿蜒有致，颇类宫崎骏动画电影《千与千寻》中场景。

清平乐·丁酉年秋分后四日与业师周晓川先生访六榕寺

榕阴初转，花塔凌霄汉。访古说今碑汗漫。烨烨秋阳灿烂。　　东坡遗迹寻踪，子安词笔雍容。六祖堂前趺坐，任他雨雨风风。

2017 年

附：周笃文先生和韵

游广州六榕寺观王勃、东坡碑匾次高生韵

骄阳未转，暑气蒸霄汉。千里参禅情汗漫，六祖灵光何烂。　　坡翁墨迹追踪，王郎神采从容。千载来瞻遗墨，依然海雨天风。

南乡子·丁酉中秋怀东北及加国诸亲友

待月倚高楼，帘底花间忆旧游。关北岭南萍寄久，回眸，书册消磨几个秋。　无惧亦无忧，且任身如不系舟。漫酌桂浆酬此夜，悠悠，万古霜华笔底流。

2017年

南歌子·丁酉季秋游福建九日山

错落镌痕密，清凉佛国幽。祈风祷雨几曾休，料得年年岸畔认归舟？　　碧海千帆影，苍岩几度秋。云舒云卷自悠悠，依旧江花开落水东流。

2017年

注：九日山，距泉州市区约七公里，有宋元祈风石刻群。宋元时，来泉州贸易之蕃舶归程扬帆之际，泉州郡守及市舶司官员必聚当地名流，登九日山昭惠庙通远王祠为蕃舶祈风，并刻石留记。

采桑子·题黄萍女史《彝女采菊图》

清秋篱畔霜风紧，已过重阳，无限思量，谁解秋心对露凉。　　彝家好女归来早，袖惹寒香，婉若清扬，笑语嫣然理绣裳。

2017年

鹧鸪天·戊戌除夕家人聚羊城

领略春工又一年，百花消息坼轻寒。须知岭海芳菲节，别有烟霞物外天。　新旧岁，醉醒间，萧疏潘鬓枕书眠。人间最是相逢好，老却流光若等闲。

2018年

浣溪沙·戊戌端午朱洪辉、杨红伉俪赠荔枝、香粽

快雨疏风几日晴，又闻端午竞舟声。荔枝红透艾蒲青。　都道桑榆留晚照，谁知卉木有微情。离骚千古意难平。

2018 年

临江仙·戊戌中秋余偕友丁国秋，二妹旭芯、王自策伉俪，三妹旭滨、房文平伉俪同游长白山

才见山花烂漫，又看霜叶斓斑。遥惊千仞雪峰连。大荒云乱起，万古瀑高悬。

意气经年犹在，由他夕景阑珊。一轮明月出崖间。孤光同此夜，九点散齐烟。

2018年

注：《山海经·大荒北经》有“大荒之中，有山名曰不咸，有肃慎氏之国”之句，或为吉林长白山古称。

桃源忆故人·戊戌年国庆节返延吉拜访刘德昌先生

故园耆旧疏音讯。岭海归来相问。别后几番芳信，惊看繁霜鬓。　　记曾少小裁诗韵。说项殷殷汲引。堪叹流光一瞬，又是重阳近。

2018 年

注：刘德昌先生，笔名宁心、郑青。作家。余上初一时，以两篇幼稚之格律诗呈先生。先生时任《延边日报》文艺部编辑，颇赞许，遂载之副刊。

念奴娇·广州杨家祠

寻常巷陌，记当年志士，往来行迹。一卷雄文光焰起，照破孤灯岑寂。国际歌声，绕梁萦壁，慷慨风雷激。廓开天日，忍看丹血化碧。　　历历百载云烟，参横斗转，世界今非昔。整顿乾坤开荜路，华夏已腾鹏翼。探月巡星，驻天潜海，宇宙寻消息。山河无恙，而今堪慰英魄。

2018年

注：1918—1927年，杨匏安在杨家祠所撰《马克斯主义》，乃华南地区最早系统介绍马克思主义之文。大革命时期杨家祠为中国共产党重要活动场所。瞿秋白曾在此教唱《国际歌》。

好事近·约梅

又是一年新，惆怅书窗寥寞。欲探梅花消息，向清溪林壑。　　相期岭表负年年，几度静开落。何日素心相对，映鬓华萧索。

2019 年

注：2018 年元旦，与友人朱洪辉、杨红伉俪相约往梅关古道探梅。未果，有作。

画堂春·己亥除夕由岭南往东北度岁朝

朝辞岭海赏花天，暮来朔地尤寒。对联书就岁将阑，雪酿云端。　　故里恍如客里，松边也似梅边。诗心宽展便悠闲，一笑忘言。

2019 年

如梦令·二沙岛黄花风铃

雨过天青草翠，一树黄英妩媚。倾耳听风铃，欲问芳菲次第。休睡，休睡，摇醒一春花事。

2019 年

苏幕遮·己亥端午与卫明、好友万秋艳及其子陈立洋、儿媳任爽泛舟北京昆明湖有作

绿阴浓，青杏小。长忆儿时，河畔寻芳草。采艾归来天未晓。角黍飘香，几处炊烟早。　　柳依依，风袅袅。且趁京华，湖上晴光好。我欲归田何待老？长掩柴扉，花径无须扫。

2019 年

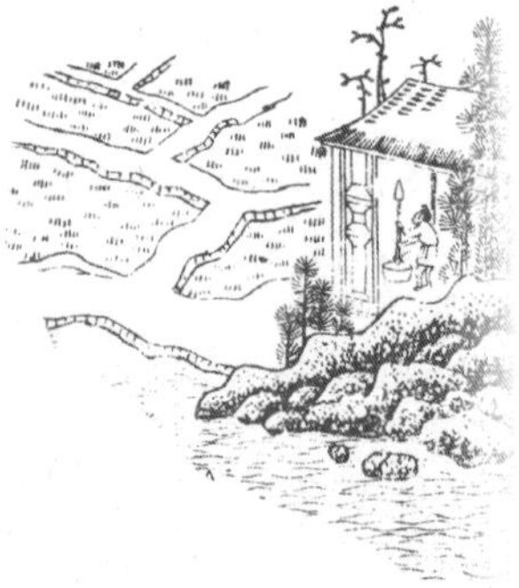

少年游·谢陈春盛先生惠赐墨宝

临风挥翰自清遒，波磔走蛟虬。烹茶洗砚，莳花种竹，安隐近江楼。　石门礼器时摹写，神韵早相侔。雅度冲融，蔼然和气，妙墨见风流。

2019年

注：陈春盛先生与余同事，性和善，作隶精绝。余往温哥华探父母，先生书余诗词相赠。

减字木兰花·己亥中秋余与二妹旭芯前往温哥华探亲，与父母及小妹旭轶、妹夫王庆一家相聚过节

云程万里，飞历参商瀛海际。异域秋光，细雨疏烟酿晚凉。　莫教杯浅，人世几回花月满。水阔山遥，愿得年年共此宵。

2019 年

点绛唇·己亥冬与卫明访马心航、蔡美群伉俪花都颐和山庄别墅

绿净青葱，九龙湖水芙蓉嶂。轩窗延爽，满目晴光漾。　　菜圃埘鸡，茶酒容疏放。无尽藏，兴来履杖，时到云峰上。

2019 年

临江仙·遇梅

才过溪桥修竹，忽逢几树寒梅。冰魂清骨出瑶池。暗香随蝶逐，疏影待人归。

犹记去年芳约，堪惊鬓发空催？一番心事倩谁知？何时无挂碍，相对坐忘机。

2019 年

注：己亥季冬，余与广东中华诗词学会诗友游从化流溪河国家森林公园偶遇梅林有作。

定风波·庚子年初武汉疫起，除夕夜羊城花街休市，有作

昨夜春回斗柄旋，芳菲十里少人看。疫疠播传长太息，清寂，花愁柳黯度新年。

闭户封城能避疾，聚力，扶危拯溺克时艰。

念我中华多劫难，惟愿，苍生岁岁得平安。

2020 年

青玉案·庚子端午疫行四海羊城亦被灾罢端午龙舟赛

风轻日永逢重午。记往岁、倾香醑。竞渡龙船喧叠鼓。彩丝皓腕，玉蒲角黍，相约寻芳去。　而今寂寞江干路，骤雨差能涤炎暑。天意从来无定据。桃如御瘴，花如解语，民困苏些许。

2020 年

踏莎行·为母寿

林畔芳菲，窗前经卷，闲中岁月偏宽展。慈颜含笑暖如春，劬劳半世浑忘倦。
种草移花，持斋乐善，随缘知足身康健。遥将杯酒祝萱亲，寿齐山岳延椿算。

2020 年

注：子曰“父母之年，不可不知也。一则以喜，一则以惧”。庚子年今日，吾母八十二寿辰。母幼失怙，及长失恃，依兄姊读书工作，在延吉市邮电局译电报至退休。天性纯良，崇佛乐施。疫情期间，父母居温哥华，无法归国，甚念。作长短句，为二老添寿。

鹧鸪天·庚子中秋

去岁中秋，余与父母、小妹一家聚于温哥华。今因疫情未能团圆。赋此篇。

桂子风来竹影繁，中宵碧落净无烟。算来浮世百年短，能对冰轮几度圆。　　花有意，倩人看，清波偏照鬓丝斑。纵然屏里千般好，哪及相携无一言。

2020 年

玉楼春·庚子菊节后五日连登先生与夫人肖梓英邀至环翠医庐晚餐并赠书，夫人又赠花，步行送余归家

才过重阳秋向晚。旧雨招邀青玉案。壁间翰墨继钟王，笔底风流追晋汉。　满室茶烟帘不卷，半晌清谈愁易散。归来襟袖染寒香，月影参差花影乱。

2020 年

注：连登先生，字步高，号澄宇、天平居士，斋名环翠医庐。书画家、诗人。先生知我父母平日以抄写佛经为乐事，书《金刚经》偈句相赠。现悬于温哥华二老堂上。

阮郎归·三妹旭滨、妹夫房文平寄赠长白山松子有谢

红松霜子出寒冈，匀圆层塔藏。慢烘细焙溢清香。何妨日日尝。　　资辟谷，惬诗肠。古云宜寿方。他年归去种千章，摩霄荡翠光。

2020 年

满庭芳·辛丑除夕与亲友守岁

把酒邀花，停琴弄墨，暂凭笑语喧阗。羊城除夜，灯火暗星躔。谁放岁华轻去，团栾日、侵晓无眠。东风外，青梅心事，袅袅到眉间。　　堪堪春又换，平莎过雨，堤树生烟。问几家风情，独向芳园。草树寻常巷陌，瓮牖处、容此身安。归三径，著书精舍，吾辈得清欢。

2021 年

临江仙·辛丑端午羊城疫情复燃，余历八载所著《广府金石录》付梓，忧喜感赋

乍雨乍晴天漠漠，花城花事阑珊。龙舟不渡鼓旗闲。晓窗闻鸟语，眼倦枕书眠。

蒲酒艾符缘旧俗，疫苗能佑民安。核酸检罢便心宽。明朝风日好，相约水云间。

2021 年

注：余与陈鸿钧先生合著《广府金石录》，2021 年 7 月由广东人民出版社出版。全书上下册共录有金石拓本 1700 余幅，文字约 80 万字，是一部收录岭南核心区域广府的历代金石文献专著。

长相思·辛丑年小暑前一夜与妍昭小友广州干部疗养院步月有作

花朦胧，月朦胧。花月相随过水东，飘萧竹几丛。　　晓来风，晚来风。俯仰乾坤潭影空，倚栏听夜蛩。

2021 年

临江仙·辛丑中秋赴晓丹友家宴归，又上天台待月

容易匆匆秋又半，依稀桂子香清。天涯已惯久飘萍。一年唯此夕，共待月华生。

凉意悄然林末起，谁知湖海心情。轩窗聊把素琴横。子期何处觅，曲罢听风声。

2021年

喜迁莺·辛丑年冬携《广府金石录》访张荣芳先生

黉舍静，翠烟微，夫子万书围。平居修史日迟迟，啼鸟唤春回。　唾成珠，心如鉴，恍见晋时风范。应知太乙为燃藜，妙契透灵犀。

2021年

注：张荣芳先生，中山大学原副校长，中国史学界耆宿，曾为余拙著《广府金石录》撰写推介评论，刊于《中国史研究动态》。

武陵春·辛丑年冬访陈泽泓先生

越秀山前杨子宅，岚气接轩窗。邺架层层散墨香，终日此徜徉。　　欬唾珠玑堪照夜，谈笑益清扬。著述生涯岁月长，樽酒论文章。

2021 年

注：陈泽泓先生，岭南文史专家。出身于书香世家。著有《广东历史名人传略》《岭南建筑志》等。

祝英台近·二妹旭芯、妹夫王自策邀家品茗，卫明及三妹旭滨、房文平伉俪同往

响轻涛，瀹古雪，越盏浮香露。石鼎松风，自汲甘泉煮。莫试七盏清茶，风生两腋，只道是、卢仝陆羽。　怅别绪。半晌慵坐无言，听人闲笑语。客梦乡心，世味澹如许。计日北雁南翔，迢迢云路，欲携得、茶烟一缕。

2021 年

减字木兰花·悼同事于迅

余与于迅同事六载，每年赠余其外祖父赖少其先生书画台历。冬季办公室颇冷，余送其热水袋以暖胃，迅亦买膝毯送余御寒。辛丑年冬，迅辞世。前一月，尚为余《广府金石录》之出版殷殷点赞。赋此以挽之。

兰心蕙态，同事经年诚义待。片语情真，膝毯虽轻暖意存。　　珠沉玉殒，岂料芳华容易泯。长忆容颜，化鹤翩跹归九天。

2020年

霜天晓角·谢陈铿先生赠画

沧溟咫尺，浩浩乾坤窄。万古虚空如寄，问此夕，是何夕？　　清寂，心与迹，缥缈烟波碧。著我扁舟一叶，三山外、数声笛。

2022年

注：陈铿先生，油画家。曾以余之《“空谷”琴》诗意创作油画相赠，现悬于羊城半半堂上。

鹧鸪天·壬寅元日余与女儿月童往六榕寺为亲友祈福

疏雨轻烟料峭寒，冷香浮动梵宫前。坡公行迹长榕下，王勃辞章窄壁间。　　花塔畔，祖堂边，青鸾消息倩谁传。但祈花意如人意，共盼新年胜旧年。

2022年

注：粤俗新年买花木重花名谐音以图吉利好意头。

清平乐·童轩丈约赋芍药。因忆乡园檐下之山芍药，颇有思归心。和此韵

含颦欲语，一霎潇潇雨。红衬苍檐天欲曙，绰约柳风溪雾。　归来忘却忧忡，山窗斜插清供。且与芳心缱绻，何须问道鸿蒙。

2022 年

附：刘斯翰先生原玉

清平乐·芍药

怨春不语，竟夜毛毛雨。古乐沉沉天欲曙，起看依然如雾。　痴儿闷坐忡忡，买来芍药还供。一缕幽香吹远，也知春在鸿蒙。

南乡子·壬寅暮春，余养疴闲居，龙舟水至，病亦小痊，有怀

俯仰一斋间，挥翰敲棋理素弦。因病得闲天或恕，纷然，尘芥河山静处看。　　悬艾与纫兰，梦里端阳是少年。长盼八方皆息疫，流连，竹露荷风五月天。

2022年

南歌子·壬寅夏应书友邀约游果园摘荔枝、黄皮遇雨

红荔风前艳，黄皮雨后香。空蒙林气湿烟光，笑指霞生万树、浥罗裳。　岭海莺花老，庄周蝶梦长。已将南国认家乡，嘉果莫辞三百、自清凉。

2022 年

唐多令·追思宗丽姑母

兰桂满庭墀，仁恩遍惠施。数十年、鸿案齐眉。犹记陶情娱晚景，轻拨阮，唱新词。　　人世别芳菲，九天驾鹤归。惜寸心、难报春晖。寄意挥弦神化引，惊蝶梦，思依依。

2022年

注：高宗丽姑母，家父堂姊。多才多艺，与姑父杨载万伉俪情深。今安然仙逝，享年九十二。念笑貌懿言，且挥五弦，以寄追思。

千秋岁·忆宗武伯父

南征北伐，细柳营边月。歌慷慨，星明灭。书生存铁血，英气冲冠发。身许国，枪林弹雨餐冰雪。　　四海兵尘绝，投老思乡切。亲族聚，多怡悦。鸾骖尘梦远，鹤驾蓬瀛接。长相忆，樽前一笑风云阔。

2022 年

注：高宗武伯父，家父堂兄。由学子而入行伍，曾以炮兵参谋（大尉）参加解放战争、抗美援朝战争。转业后分配至磐石、周口等地工作，于河南周口地区建筑公司退休。伯父曾与隋素芳伯母回延吉探亲，并携余往周口小住数日。二老归仙经年，余时忆音容，感念恩情。

清平乐·忆先师施国良舅爷

镌珉凿斧，灯下挥毫素。笔砚生涯堪自许，陋室时吟梁父。　　临帖动我怀思，如瞻鹤骨松姿。神理绵绵常在，汉铭秦篆成痴。

2022 年

注：先师施国良，宗武伯父、宗丽姑母之舅父。博学善书，名蜚乡梓。晚年刻碑为生。余少时曾随舅爷学书法，至今感念。

朝中措·壬寅中秋前二日好友郭永标自梅州大埔惠寄自家山林产柚子

梅州昨寄洞庭霜。嘉果灿新黄。谁记昔时包贡，还看满眼秋光。　并刀解玉，剥云绽露，沁齿甘香。何日柚林闲坐，与君共享清凉。

2022 年

唐多令·壬寅中秋余与外甥女房昕宇，友人陈少林、柯少惠伉俪及其公子陈稔程等聚于广州大学城赏月

丛桂又婆娑，黄英簇满坡。怅天涯、归计如何。见说城郊秋色好，相约去，访烟萝。　月似镜新磨，流光逐逝波。漫回眸、世事蹉跎，迢递愁心何处寄，圆缺意，问姮娥。

2022 年

烛影摇红·壬寅季秋读苏巧筝女史《古冈琴缘》

千古琴心，芸编一握芳思远。古冈遗谱叙前缘，大雅添新卷。逸气清辉满眼，记往日、流风文献。丝桐霜剑，振玉斋中，襟期萧散。　　谁悟真筌？岭南百代传操缦。更将妙旨度金针，不教徽音断。对此清欢无限，况又逢、露风漫漫。焦桐弦冷，书窗烟轻，篱花秋晚。

2022年

注：苏巧筝女史与吾师区君虹先生皆出杨新伦先生门下。其撰《古冈琴缘》，记先师杨新伦生平，叙岭南琴派曲目源流。惜缘悭一面。其胞弟苏章鸿先生惠书。

鹧鸪天·壬寅秋分后一日与熊东遨、周燕婷、吕宏望、陈楚明、刘释之、刘湘、曾霞诸友聚于南越琴斋

瘦竹疏篱古巷斜，荔枝湾畔故人家。缓吹箫管动风色，细写幽怀淡月华。　　陶令酒，陆公茶，千山一榻寄生涯。才晴又雨重阳近，秋思纷纷到菊花。

2022年

注：明莲池大师有“一榻而走千山，寸晷而游神于百世”句。

卜算子·次韵小梅窗秋暮访南越琴斋词

一入古溪村，浑忘红尘道。菱藕茭茨风味殊，旧日清馋好。　　酒饮半酣佳，花看初开妙。归去聊挥太古音，鸟啭知侵晓。

2022年

附：周燕婷女史原玉

卜算子·秋暮访南越琴斋重晤吕宏望、陈楚明先生同高旭红、刘释之、刘湘、曾霞诸友

不必问黄花，自有人行道。共踏车尘载酒来，趁个秋阳好。　　世象略其繁，曲味详其妙。流水无形响在弦，归去天将晓。

清平乐·追思宗琴姑母

齐纨越素。并剪裁衣缕。含笑迎人多暖语，慰我羹汤亲煮。　仙山归鹤经年，梦魂时到伊边。检点旧时针线，慈恩总在心间。

2022年

注：姑母高宗琴自幼随余祖父母自安徽省寿县迁至吉林省延吉定居。敏慧善良，尤擅裁剪。曾为余小女月童巧制襁褓。仙逝经年，仍时时念之。

浪淘沙·追思二伯父宗江

万象探微玄，夙夕覃研，清癯骨相目渊然。思入鸿蒙参造化，学究人天。　　才命总难全，长忆容颜。解衣暖我不多言。鸾驭仙游长不返，草色年年。

2022 年

注：二伯高宗江，科学家，少负隽才。毕业于哈尔滨工业大学，入中国科学院长春光学精密机械与物理研究所工作。1988 年 5 月携其设计的一款海底机器人赴京参加科技会议，不幸在 25 日步行往会场途中罹车祸，享年五十二。余随父往长春参加追思会，人皆称斯人之逝乃中国科学界一大损失。丁卯年秋暮余自京抵长春，二伯凌晨接站，解衣为我御寒，至今难忘。

八声甘州·家婆周年祭

辛丑年冬至后四日，家婆王淑坤仙逝，享年八十六。其为人坦荡，明理重义。戊戌年八月廿四日余与延吉诗友张凤兰往公婆家探望，临别，家婆伫望门外，挥手良久，岂料竟是永诀。值其周年祭，赋此以寄哀悃。

望北云南树尽含悲，幽明各茫茫。记家门挥别，依依目送，立尽斜阳。谁料仙凡永隔，忍写蓼莪章。倚看珠江水，晚渐生凉。

曾是清心玉映，更知书明理，乡梓揄扬。念一生劬瘁，风木总堪伤。叹人间、春晖未报，怅梦回、恩义总难忘。伤情处、年年此夕，雪落寒江。

2022年

太常引·贺天虹琴馆区宏山先生《岭南古琴教学新编》出版

聊将琴剑作生涯，弦馆久声华。芸籍细披沙。有彩笔、萦烟带霞。　新声旧曲，指间妙理，会意笑拈花。岭海正音遐。风浩荡、思浮海槎。

2022 年

风入松·寄小妹旭轶、妹夫王庆

余父母居温哥华。壬寅夏秋，家父染恙，两次入院。小妹悉心陪护数月，妹夫承担全部家务并照顾儿女及家母。父痊愈出院，妹则骨瘦形羸，令人疼惜。

海涯萍寄已寻常，鸿案相庄。椿萱堂上承欢久，戏莱衣、兰桂成行。廿载羁愁乡梦，一般芳草斜阳。　　耄翁衰疾赖扶将，奉药调汤。无分夙夜人消瘦，终赢得、清恙平康。重对灯前笑语，又逢雪后晴光。

2022年

谒金门·赠王建辉姐

壬寅秋分前一日，家父于温哥华染疾入院。小妹病榻陪护数月颇显力薄，后幸有家母之佛友建辉姐仗义相助，与小妹轮流陪护近半月，家父得痊愈。赋此以谢。

一夜雨，滴尽万千愁绪。无计膝前陪病父，迢遥瀛海路。　幸有良朋相顾，风烛悉心照护。终见晴风开宿雾，共君沾法乳。

2022 年

水龙吟·思父

遥山涨海望云想，又是岁阑时候。视屏咫尺，相离万里，客怀依旧。几缕乡愁，一天风露，惹来梦瘦。正雪落闲庭，抄经练字，春消息、寒枝透。　犹记童蒙训授，笑言间、出联对偶。书窗研墨，吟笺摇笔，恂恂善诱。排列干支，咏歌时序，指看星宿。叹多情易老，聊挥绿绮，为椿萱寿。

2022年

注：家父安徽寿县人，生于吉林延吉，毕业于延边大学中文系。余幼时恭承庭训，得览家藏书。家父亦时以诗、联、书法相诱学，故得诗趣早。父母现居温哥华。虽有抄经诵佛之乐，每视频便诉归思。壬寅秋，家父染恙，两次入院，幸皆得痊。赋此，为父添寿。

武陵春·寄振聪姨母

梦里又回姨母宅，小院蝶翻飞。炕暖窗明读古诗，花布试新衣。　　鹤发童心人不老，暖我有春晖。九秩将开福德齐，欢喜过期颐。

2022 年

注：姨母徐振聪，乃家母长姊。家母幼失怙。及长，又失恃。居姊家，多得关照，直至出嫁。先姨夫王嘉逊曾任延吉市公安局局长，正直敬业，姨母曾任延边党校、延吉市工人俱乐部图书管理员。余少时常往其家送物、玩耍、小住，尤喜坐暖炕，读图书馆借书。至今梦中时回，感念姨母。

浣溪沙·忆振修舅父与舅母

逢节寻常过舅家，轩窗静院短篱斜。半畦蔬果半畦花。　　俚语乡音成永忆，岭云关树思无涯。几多往事几韶华？

2022年

注：大舅徐振修与舅母李延华先后随余外祖父母自山东牟平至吉林延边定居。大舅先后在龙井市文化馆、延边朝鲜族自治州机构编制委员会、延边朝鲜族自治州粮食局工作。家母与小舅未成年时怙恃双失，家母依姨母、姨夫，小舅则依大舅、舅母。二老仙逝久矣，时念音容。

菩萨蛮·悼好友陈奕秋

狂飙昨夜摧兰蕙，寒窗一掬伤秋泪。邺架数编书，是君排版图。　　断云愁薤露，化鹤归仙宇。浮世若虚花，人间叹有涯。

2022年

注：奕秋为美术编辑，聪慧有才思，尤擅文学艺术类图书设计。余拙著“岭南金石系列丛书”《广府金石录》《药洲石刻》《五仙观金石》《越秀碑刻》等，卫明所著《五仙古观》《千年花事》《闲话南越先贤》《广州都城隍庙》等，皆为奕秋设计排版。曾教余使用InDesign排版软件编书。惜于壬寅年冬辞世，悲凉万绪，赋此以悼之。

卜算子·挽潘志文先生

温雅有儒风，译笔能兼善。九秩将开驾鹤归，月冷梁鸿案。　心迹自双清，厚德如春暖。怅望微茫云水外，一抹斜阳远。

2022年

注：先生为俄文翻译，吾友陈彦华之夫。为人谦和良善，夫妇相敬如宾，人皆赞羡。壬寅冬至后一日，先生长逝，享年八十九。赋此以挽之。

菩萨蛮·挽肖耀堂先生

公之直谅声名久，公之雅望齐山斗。胸次玉峥嵘，吟坛有典型。　大星沉岭海，辽鹤归天外。今我忆斯人，云山倍怆神。

2023 年

注：先生曾任广东中华诗词学会会长，余自2004—2006年任《当代诗词》编辑时，曾与先生晤面。壬寅年十二月十二日先生仙逝，诗以挽之。

虞美人·癸卯元日念远在温哥华之父母兼寄诸亲友

卷帘尽放晴光入，一夜风回律。诗怀不肯负东君，沉醉五羊城里、万花春。　天涯此日怜芳草，况值江梅老。燕鸿归计问天边，窗外流莺软语、是今年。

2023 年

诉衷情令·癸卯年人日往晓丹友家，其母所煮姜薯甜汤甚香醇

羊城人日醉花光，访友趁斜阳。待宾慈善陶母，姜薯煮羹汤。　甘似蜜，色如霜，润诗肠。何时泽畔，采此林芳，奉我高堂。

2023年

注：姜薯为潮汕特产，白如霜雪，姜薯甜汤里薯片微卷，入口清香爽滑。

梅花引·为江达权、陈鸿芝伉俪寿

庭畔柳，盈樽酒。羊城邀饮忘年友。襟怀清，玉壶冰。一室书香，闲唱牡丹亭。

诗怀笔兴逢青眼，莼菜秋风归未晚。思徽州，忆徽州。乡梦悠悠，何日共吟游？

2023年

注：江达权先生，笔名江耿，军旅一生。作家，著有小说《秋天的虹》、散文集《无梦到徽州》。余与卫明曾为其编辑《无梦到徽州》。二人伉俪情深，时邀至家，飨以家乡美食，并约异日同游徽州。

减字木兰花·沚斋诗丈书余斋名半半堂并赐大著《屈翁山词笺注》，赋此报谢

灯前披卷，奇藻雄词纷入眼。乍展云笺，墨气还同花气漫。　　清标如许，郑杜襟期堪景慕。风味依稀，月到天心春到梅。

2023 年

叨叨令

少年意气初豪纵，也曾一诺千金重。而今爱把瑶琴弄，邀来明月谁能共。你省得也么哥，你省得也么哥，俱是那邯郸道上黄粱梦。

2018 年

天净沙·雪霁

千山万树梨花，霜天数点归鸦。四野银妆澹雅。夕阳斜挂，柴门半掩人家。

2018 年

醉太平·越秀山怀古

层楼纵眸，万木惊秋。山川霸气几时收？正呼鸾道幽，越王台畔寒花秀。枕山襟海青依旧，风流自古冠南洲。休言故侯。

2019 年

山坡羊·著书

幽书披古道，案余萤照，虫雕獭祭贻人笑。夜清寥，鬓萧骚，自怀别样风流调。人世匆匆清乐少。忙，也到老。闲，也到老。

2019 年

出队子 · 思归

何如归去？掩柴扉看古书。远山绿暗木扶疏，晚圃红酣鸟竞呼。一树梨花愁暮雨。

2020 年

步步娇·庚子疫情羊城闭户数日

幽鸟呼晴风摇漾，好景无人赏。闲倚窗，静看东君染春忙。细商量，解禁花才放。

2020 年

半半堂诗词稿

专题吟稿

五仙古观八景

越秀区博物馆设于五仙观，旧祀五羊仙人。余曾任馆长。工作之暇，徜徉其间，兴之所致，自拟“古观八景”，乃古墙蕉影、牌楼春晓、琳宇瑞烟、碑廊映翠、仙迹涵空、古渡烟树、崇楼晚照、霜钟晴霭。咏以志胜。

古墙蕉影

斑驳残垣处，苔痕暗绿侵。

风来蕉影乱，零露洗尘心。

2008 年

牌楼春晓

紫陌红尘地，清墟散碧烟。

麒麟经晓雨，贝阙映熙天。

云起蓬壶外，花开古观前。

五羊留迹处，沧海变桑田。

2008 年

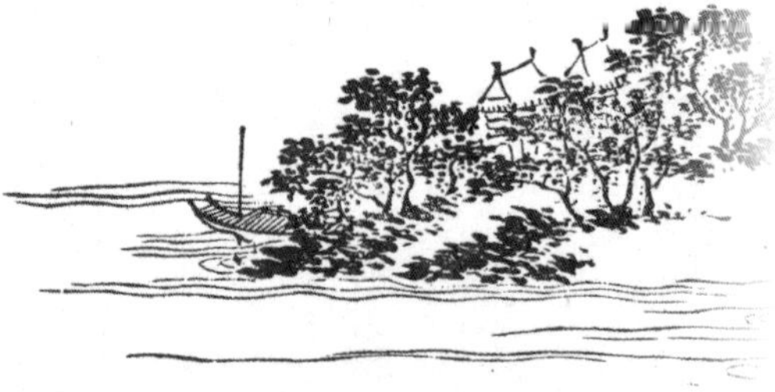

琳宇瑞烟

坡山赐穗已千年，像塑五羊同五仙。

岭海至今留福祚，民殷物阜乐尧天。

2008 年

碑廊映翠

银钩铁画迥超尘，历代文章勒翠珉。

风雨相侵千百度，我今抚石想真人。

2008 年

南歌子·仙迹涵空

碧落骑羊现，红尘赐谷传。惟留拇迹印岩端。但见人间明月几回圆。　穗石仙踪古，泉池树影闲。灵龟兀自负春暄。砌畔飞花飘转履痕间。

2008年

踏莎行·古渡烟树

细雨潇潇，寒烟袅袅，坡山古渡何茫渺。一湾清水绿阴浓，红砂岩畔烟霞晓。　　帆影依稀，洪波浩淼，江花海月迎归棹。湮芜故迹已千年，天涯依旧怜芳草。

2008年

凤凰台上忆吹箫·崇楼晚照

南海仙踪，五羊遗迹，倚楼聊豁双眸。但落霞残照，淡月如钩。谁念寒烟碧草，都付与、巷陌春秋。消凝处，檐苔绿冷，桂子香浮。　　悠悠，世间一梦，嗟亮祖悬钟，右相营楼。想二公英概，应悔封侯。留此天南雄阁，潮起落、淘尽风流。争知我，栏杆独凭，欲遣清愁。

2008年

青玉案·霜钟晴霭

霜钟清响曾遥布。数百载、风和雨。高阁初悬晨与暮。雄鸣雌应，龙宫蛟舞，声撼云霄路。　　晴光泛晓祥烟护，岑寂喑喑几寒暑。堪笑喧嚣争瓦釜。雷霆之默，沧溟之巨，且向无声处。

2008年

注：据屈大均《广东新语》“五仙观有大禁钟，洪武初永嘉侯朱亮祖所铸，然不敢击。岁乙酉，有司命击之，城中婴儿女死者千余。于是婴儿女皆着绛衣，系小银钟以厌之。越一年城破，乃止勿击。钟有雌雄，其雌者向飞入白鹅潭，往往与城中钟相应”云云。

岭南古琴八曲

区君虹先生授余岭南派古琴八曲：《双鹤听泉》《怀古》《玉树临风》《鸥鹭忘机》《碧涧流泉》《渔樵问答》《神化引》《乌夜啼》，余试写曲调之意，赋四言八章。

双鹤听泉

幽谷流泉，松岩过雨。

双鹤仿佯，差池其羽。

鸣于九皋，言息芳浒。

漱玉琤琮，翩然对舞。

缑岭云闲，无今无古。

2020年

注：此曲为《双清》之引，又名《听泉吟》《听泉引》。岭南派此曲出自《古冈遗谱》。

怀古

崇阿奕奕，河水汤汤。

念昔贤圣，厥德允臧。

南薰解阜，卿云徵祥。

箫韶九奏，来仪凤凰。

豳风桑稼，大雅载扬。

中心夷旷，如圭如璋。

春秋代谢，克绍令芳。

曷其有极，怀思未央。

2021 年

注：此曲传为周文王所作。一名《夷旷吟》《怀古吟》《怀古引》。岭南派此曲出自《古冈遗谱》。

玉树临风

亭亭玉树，皎皎风前。

春吹秋籁，枝叶鸣弦。

清阴移影，凤集莺迁。

停云梳雨，度月横烟。

咏歌康乐，俊秀惠连。

后庭一曲，惆怅谁怜？

宗之潇洒，翩翩少年。

高襟旷世，白眼青天。

华滋葳蕤，望美怀贤。

言念君子，独立萧然。

2021 年

注：此曲传为魏曹植所作。岭南派此曲出自《古风遗谱》。

鸥鹭忘机

泛彼虚舟，逍遥容与。

朝霭夕晖，烟波花溆。

鸥鹭来亲，翩飞海渚。

狎而无猜，相忘尔汝。

微动心机，群鸟远举。

物类感通，禽木解语。

意息心空，允为盟侣。

寥兮廓兮，仰止巢许。

2021 年

注：此曲一名《忘机》。出自《列子·黄帝》中“海上之人有好沤鸟者”一句。岭南派此曲出自《古冈遗谱》。

碧涧流泉

春山雨霁，碧涧泉鸣。

跳珠滴沥，瑟瑟泠泠。

空濛演漾，沦漪澄泓。

飞涛赴壑，波急湍惊。

长溪宛转，兰杜落英。

光风浮翠，表里空明。

静言仁智，宁辨浊清。

临流长啸，濯我尘缨。

2021 年

注：此曲传为宋代朱熹所作。岭南派此曲出自《古冈遗谱》。

渔樵问答

青山叠处，绿水湾头。

渔翁樵子，闲话春秋。

数声欸乃，着我扁舟。

沧波浩渺，新月为钩。

松门萝径，泉石深幽。

丁丁伐木，好鸟啾啾。

买臣腰斧，严子钓裘。

漫言兴废，醉看沉浮。

悲欢何据？穷达何由？

清风无价，岂羡王侯。

息机友鹿，谈笑盟鸥。

白云千载，共此悠悠。

2022 年

注：岭南派此曲出自《古风遗谱》。

神化引

寂寂闲窗，濛濛睡睫。
草暖蜂游，芳丛奕烨。
恍兮惚兮，幻身蝴蝶。
款款翩翩，穿花度叶。
蝶为庄周？庄周为蝶？
梦影迷离，羲皇可接。
物化无常，万念一摄。
玄之又玄，有杭有楫。

2022 年

注：此曲传为庄子所作。一名《蝶梦游》。岭南派此曲出自《古冈遗谱》。

乌夜啼

夜静庭空，月斜在树。

策策寒乌，高杪栖住。

欲定还惊，绕枝几度。

啼破霜天，哑哑如诉。

喧噪争巢，有母相顾。

雏子私亲，知恩返哺。

嗟彼灵禽，孝慈皆具。

声兆吉徵，可期良遇。

淡淡疏星，溥溥零露。

万籁寂然，纱窗欲曙。

2022年

注：此曲传为南北朝时期南朝宋临川王刘义庆所作。《唐书·乐志》云："元嘉十七年，徙彭城王义康于豫章。义庆时为江州刺史。至镇相见而哭。文帝闻而怪之，徵还宅大俱。伎妾闻乌夜啼声，扣斋阁云：'明日应有赦'。其年更为南兖州刺史，因是而作《乌夜啼》之曲。"时以乌夜啼为喜事征兆。

羊城竹枝词十二首

除夕行花街

红桃银柳郁金香，十里花街夜未央。

最喜儿童来卖懒，风车转运兆祯祥。

2016 年

新年利是

正月行街细路仔，频收利是笑颜开。

抱拳连送吉祥语，恭喜生财好运来。

2016 年

叹早茶

一盅两件叹茶楼，安乐由来不外求。
最爱人间烟火气，寻常饮馔得优游。

2016 年

凉茶

炎方遍地卖凉茶，苦味癍痧甜五花。
堪比灵丹清湿热，路边饮罢始还家。

2016 年

舞狮

击鼓铿锵渐激昂，彩狮蹈舞竞腾骧。
摇头摆尾春风里，一跃采青鸿运长。

2016 年

沙湾飘色

浓施粉黛着霞衣，恍似仙童下紫微。
赛会迎神浑见惯，凌空飘舞古来稀。

2016 年

西关大屋

青砖石板木趟栊，天井花窗小桂丛。
时靸双鸳深巷响，佳人月色两朦胧。

2016 年

泮塘

泮塘春信到芳蹊，莲叶田田柳拂堤。
一棹萍风飘粤曲，古村花树压枝低。

2016 年

泮塘五秀

泮塘五秀出池泥，莲藕茨菇脆马蹄。

菱角糯甜茭笋嫩，清馋毕竟胜金齑。

2016 年

五仙观

五仙赐谷自何年？羊石奇踪一洞天。

此是人间真福地，几经沧海变桑田。

2016 年

新河浦

石脚红砖清水墙，家家庭院绿阴凉。

闲行小巷斜阳里，一树繁花自在香。

2022 年

广州塔

一塔孤标珠水前，小蛮腰细袅寒烟。

登临便觉青霄近，星斗云窝落我肩。

2022 年

图书在版编目（CIP）数据

半半堂诗词稿 / 高旭红著. —广州：广州出版社：花城出版社，2023.4
（广州诗词之都丛书）
ISBN 978-7-5462-3566-0

Ⅰ.①半… Ⅱ.①高… Ⅲ.①诗词—作品集—中国—当代 Ⅳ.①I227

中国版本图书馆CIP数据核字（2022）第257559号

书　　名　半半堂诗词稿
Banbantang Shi-Ci Gao
出版发行　广州出版社
（地址：广州市天河区天润路 87 号广建大厦 9、10 楼　邮政编码：510635）
花城出版社
（地址：广州市越秀区环市东路水荫路 11 号　邮政编码：510062）
责任编辑　霍婉兰　安　然
责任校对　李少芳
装帧设计　广州水石文化发展有限公司
印　　刷　广州市快美印务有限公司
（地址：广州市白云区广从路 410 号　邮政编码：510545）
开　　本　880 mm × 1230 mm　1/32
印　　张　10.25
字　　数　109 千
版　　次　2023 年 4 月第 1 版
印　　次　2023 年 4 月第 1 次
书　　号　ISBN 978-7-5462-3566-0
定　　价　58.00 元

发行专线：（020）38903520　38903521
如发现印装质量问题，影响阅读，请与承印厂联系调换。

广州诗词之都丛书

第一辑

张海鸥《素心词》

陈善壎《一串倒提年月》

高旭红《半半堂诗词稿》

黄礼孩《我的地理的光明旅行》

陈会玲《断弦音》

梁智强《修辞窑洞》